LE CORPS D'ORIGINE

JEAN-LUC BARRÉ

LE CORPS D'ORIGINE

roman

BERNARD GRASSET
PARIS

ISBN 978-2-246-81855-7

« Il faut que tout soit comme si c'était vrai ! Tu ne comprends pas ? »

Luigi PIRANDELLO, *Henri IV*

« Il ne croyait pas à ce qu'il voyait et supposait toujours que, pour chaque homme, c'était toujours sous le couvert du secret comme sous le couvert de la nuit que se déroulait sa vraie vie, la plus intéressante. »

Anton TCHEKHOV, *La Dame au petit chien*

« C'est la pure vérité. Imagine toutes les jolies histoires que je pourrais te raconter si je mentais. »

Juan Carlos ONETTI, *Terre de personne*

À Catherine Nay

1

Le soupcon

Ni vu ni connu, Guillaume Roussel a pris l'habitude de tricher sur presque tout depuis le début de sa carrière : l'argent, le sexe, les idées. Il n'en éprouve ni remords ni satisfaction. Tout au plus une certaine hantise, parfois, d'être démasqué. Mais il se rassure vite, conscient de n'être pas un cas isolé dans un univers comme le sien. Il considère même ce double jeu comme une particularité de son époque et l'un des travers de sa caste.

« Nous vivons dans un monde de faussaires », s'est-il exclamé, provocateur comme souvent, lors du dernier dîner de sa promotion, sans qu'aucun de ses voisins de table ne croie bon de se récrier ou de le contredire. On était entre soi et personne n'a semblé se demander à qui il faisait expressément allusion. Les mêmes qui se sont tus ce soir-là, par crainte ou approbation, s'empresseront quelques mois plus tard de voir dans cette formule de connivence un aveu qui n'engageait que lui.

Roussel sait qu'il partage avec nombre de ses condisciples le même « vice de fabrication » : des failles inavouables, des secrets indicibles qui pourraient se révéler compromettants s'ils ne scellaient entre eux, solidarité de corps oblige, une entente d'initiés. Un pacte d'entraide et de silence qui n'a fait que conforter Guillaume Roussel dans le sentiment de sa propre immunité.

Tout est usurpé dans son image publique, à commencer par la rigueur des principes et la fidélité aux valeurs dont il se réclame. Leader d'une droite qui se veut dure et intransigeante, Guillaume Roussel s'est doté, au fil du temps, d'un profil politique poussé jusqu'au stéréotype, allié à un physique adéquat : défenseur de l'ordre et de la tradition, gestionnaire sourcilleux, époux vertueux, chef de famille exemplaire, catholique de stricte obédience, sous l'aspect d'un homme d'allure policée, silhouette élancée, taille mince, visage aux traits virils et réguliers, cheveux bruns coupés court, sourire au charme étudié, voix ferme aux inflexions martiales, l'air d'être tout entier sous contrôle. Rien, si ce n'est le regard toujours un peu de biais, embusqué derrière des lunettes à fines montures, ne manque à cette panoplie sans tache reproduite à profusion sur ses affiches électorales et dans ses promesses de campagne.

Guillaume Roussel a forgé son autorité et sa réputation sur ce personnage d'emprunt, une façon d'être et de penser distincte de sa vraie vie. C'est ainsi qu'il a réussi, porté par une ambition débridée, à accéder aux plus hautes charges de l'État. Énarque, député de Saône-et-Loire à trente-cinq ans, ministre de l'Intérieur à cinquante, chef du gouvernement quatre ans plus tard. Ascension qualifiée d'irrésistible, à défaut d'autre explication, par des médias comme pris de court devant une telle facilité à se jouer des obstacles, une aptitude à séduire et s'imposer par une force de persuasion dont personne n'a jamais paru mettre en doute la sincérité ni soupçonner les faux-semblants. Ce qu'on appelle un parcours sans faute.

Le chef de l'État, Louis Moulins-Duthilleul, ayant dû renoncer, à près de quatre-vingts ans, à briguer un second mandat, on voit en Guillaume Roussel une sorte d'héritier naturel. Nul ne semble mieux placé, en tout cas, pour lui succéder. Roussel a quitté ses fonctions six mois avant l'échéance pour préparer la future campagne présidentielle. À cinquante-huit ans, faute de rival crédible et fort d'un bilan à Matignon jugé satisfaisant dans les sondages d'opinion, il a toutes chances de remporter l'élection. D'autant que sa désignation comme candidat, obtenue à la quasi-unanimité, a pris des allures de sacre lors du congrès de la Droite populaire. Une puissante machine de guerre électorale aussitôt mise en ordre de marche.

L'Élysée lui semble donc tout acquis quand au cours de la première quinzaine de février, à quelques semaines du premier tour fixé au 20 avril, une mauvaise rumeur s'est mise à circuler dans divers milieux parisiens.

À l'origine, un fait divers passé quasi inaperçu dans un premier temps : le meurtre un mois auparavant d'un jeune Marocain nommé Fouad Layannah. Son corps a été retrouvé poignardé au petit matin dans un square proche du boulevard Suchet, un des quartiers résidentiels les mieux préservés de la capitale. Cet assassinat focalise l'attention des médias depuis qu'un site d'information indépendant, baptisé Free Investigation, a révélé, dans les derniers jours de janvier, à la fois l'identité de la victime et les activités qui lui ont valu d'être fiché par les services de police.

Dans cette enquête, publiée à grand fracas, Fouad Layannah est présenté comme un escort-boy « très prisé des dignitaires de Rabat », qui aurait aussi entretenu des relations tarifées avec « certaines personnalités françaises ». Selon des sources officieuses, il aurait été éliminé pour avoir tenté de faire chanter des « clients haut placés ». Les mobiles du crime ne seraient pas seulement liés à la prostitution. D'autres pistes sont envisagées : trafic de drogue, escroquerie, règlement de comptes politique.

C'est un des proches de Guillaume Roussel, l'homme d'affaires franco-libanais Antoine Jelloul, qui l'a alerté le premier, peu avant la parution de l'article. Jelloul lui a téléphoné expressément à ce sujet, un soir vers minuit, depuis Tanger, une de ses escales favorites entre Dakar, Beyrouth et Paris. Il sortait d'un dîner où avait été évoqué, à mots couverts, un scandale sur le point d'éclater. « Diverses célébrités » y seraient impliquées, dont un ancien Premier ministre français. Jelloul, d'ordinaire très bien informé, n'en savait pas davantage sur l'homme politique en question, assurant que son nom n'avait pas été dévoilé. Mais au ton de sa voix, Roussel l'a senti inhabituellement prudent, évasif, comme s'il était tenu au secret. Jelloul et lui sont convenus d'en reparler dès leur prochaine rencontre à Paris.

Les choses se précisent peu après. Guillaume Roussel n'est pas attaqué ouvertement, son nom reste encore cité parmi d'autres sous le manteau. Mais les bruits qu'on lui rapporte de propos tenus en privé par certains de ses « amis » sont sans équivoque. C'est bien lui qui est directement visé. Il lui faut peu de temps pour s'en convaincre : au bout de quelques jours, comme déjà cerné par une meute invisible, il lui semble être pisté, épié, à la merci de regards où il ne lit que méfiance et soupçon. Chaque contact, même fortuit, ravive cette impression diffuse qui ne le quitte plus et pèse sur lui comme une ombre.

Au sein de son équipe rapprochée, personne n'ose aborder le problème. Un silence gêné qui a tout l'air d'une dérobade. L'attitude la plus surprenante est celle de son chef de cabinet, Pierre Servier. Également chargé de la direction de sa campagne, Servier, qui passe pour son homme de confiance, est devenu étrangement muet et absent. Le regard furtif, l'air embarrassé dès que Roussel s'efforce d'engager avec lui un début de conversation. Servier détient-il des renseignements inquiétants qu'il craindrait de lui livrer ? Estime-t-il les chances de son candidat déjà si compromises qu'il s'interroge sur la conduite à tenir ?

Pour tenter d'y voir clair, Roussel l'invite à déjeuner en tête à tête dans le salon privé d'un grand restaurant de Montparnasse, dont ils sont tous les deux familiers.

Une pièce capitonnée de velours rouge, protégée par un rideau grenat à l'abri duquel ils ont fomenté, au cours des dernières années, alliances et complots en tous genres.

Ils commandent chacun une sole sèche et une bouteille d'eau minérale. Leur conversation, passé les banalités d'usage, a du mal à s'enclencher, entrecoupée de longs silences, comme s'ils avaient déjà perdu l'habitude de se parler. Roussel, qui mange vite, est près de finir son plat quand Servier, la mastication plus lente, semble s'ingénier à ne jamais terminer le sien. L'échange, entre deux bouchées, se limite à des questions d'intendance. Le candidat les évacue d'un geste de la main sans même feindre de s'y intéresser, alors que Servier s'attache à ne lui épargner aucun détail.

Roussel attend l'issue du repas pour aborder son seul sujet de préoccupation, après avoir espéré en vain que son directeur de cabinet prenne les devants :

— Dites-moi, Servier, vous qui êtes toujours au courant de tout… Savez-vous qui est le « grand homme politique » dont on parle dans les dîners en ville et certaines salles de rédaction ? Un « leader en vue » qui serait mêlé à cette affaire sordide du boulevard Suchet… On fait allusion à un ancien Premier ministre, mais sans le nommer… Croyez-vous que je sois visé ?

Servier, qu'il appelle par son seul patronyme et vousvoie comme tous ses collaborateurs, lui a proposé ses services dès qu'il l'a vu se lancer en politique avec l'ambition affichée d'être un jour le premier. Il l'a efficacement secondé dans sa conquête d'un parti alors exsangue, ressuscité sous le nom de Droite populaire, dont Roussel, après s'être débarrassé de ses vieux caciques, a pris la présidence sans lésiner sur les moyens de s'imposer. Décrit comme son « âme damnée », Servier se montre alors indispensable dans le contrôle d'un appareil totalement inféodé à son nouveau chef. Et c'est tout naturellement qu'il a accompagné ce dernier, au titre de « conseiller spécial », dans ses fonctions ministérielles place Beauvau, puis à Matignon où son bureau jouxtait le sien. Stratège, organisateur, éminence grise et porte-parole, homme des grandes et petites tâches, Pierre Servier remplit tous les rôles qui lui sont confiés avec autant de zèle que d'efficacité.

Ce haut fonctionnaire aguerri porte sur son visage un flegme, une raideur qui font qu'aucune réaction de surprise ou d'émoi ne s'y manifeste jamais. Sur ses traits, un frémissement de joie se distingue à peine d'un tremblement de colère. Tout se tient et rien ne filtre. D'humeur égale, Servier accueille les pires nouvelles comme les bonnes avec le même détachement. Long et sec, la voix impeccablement posée, le regard d'une froideur d'acier, la tenue d'une neutralité sans faille, costume gris cintré, chemise blanche amidonnée, cravate couleur anthracite, tout chez lui paraît obéir à une maîtrise imparable.

En l'observant de près, Roussel perçoit dans le comportement de Servier une gêne qui ne lui ressemble pas. Une sorte de trouble ou de malaise dans la subite tension qui s'est emparée de ses traits, la manière de se redresser sur son siège, puis de se caler de biais, comme pour trouver la position appropriée.

— Que savez-vous, Servier ? Vous avez l'air bien embarrassé, lui fait-il remarquer, la tête penchée vers lui comme pour mieux l'aider à se délivrer d'un aveu encombrant.

— Personne n'ose vous le dire, finit par lui déclarer son second, le ton de nouveau assuré, le buste droit, les mains plaquées sur les accoudoirs du fauteuil. Mais cet homme dont on parle, c'est vous.

La phrase est tombée tel un verdict. Nette et tranchante, comme si la culpabilité de Roussel ne faisait déjà plus aucun doute dans l'esprit de son principal conseiller. Roussel n'est pas vraiment surpris par une annonce qui vient confirmer ce qu'il a appris par ailleurs. Mais il a décelé dans les yeux de Servier une lueur de défiance qui suffisait à trahir ses arrière-pensées. Ce qui l'étonne surtout, c'est d'avoir eu besoin de le pousser dans ses retranchements pour qu'il lui dise enfin la vérité. Servier ne l'a pas prévenu dès qu'il a eu connaissance de la personne ciblée. Il a attendu pour le faire d'y être contraint. Probablement parce qu'il n'a pas cru d'emblée à l'innocence de son patron. Comme s'il était devenu trop proche de lui pour l'imaginer au-dessus de tout soupçon.

Guillaume Roussel a pourtant veillé, de longue date, à instaurer entre eux une stricte séparation des genres. Une ligne qu'il a tout fait pour rendre infranchissable.

En vingt ans de collaboration étroite et quasi permanente, il n'a rien laissé voir à Servier du reste de son existence. Il ne l'a pas reçu une seule fois à son domicile, ni convié à l'un de ses anniversaires ou à une fête de famille. Il ne lui a fait aucune confidence sur ses goûts, ses passions, ses amitiés les plus intimes. Ni rien dit de ses nécessités financières, avec ce qu'elles entraînent pour lui d'arrangements parfois risqués. Encore moins des secrets de sa vie amoureuse et des multiples détours qu'ils lui imposent.

Sauf à avoir mené sa propre enquête, ce que Roussel, encore convaincu de sa loyauté, se refuse à envisager, Servier ne peut connaître de sa personnalité et de ses habitudes que leur versant en quelque sorte officiel. Il semble s'en être toujours satisfait, tant son dévouement et sa discrétion lui ont valu en retour une influence aussi enviée que redoutée. Dès lors, quelle raison aurait-il, sous l'effet d'une simple rumeur, de mettre en doute l'intégrité d'un homme aux mœurs et fréquentations qu'il jugeait « irréprochables » ?

— Vous avez compris, j'imagine, qu'il s'agit d'une affaire fabriquée de toutes pièces dans le seul but de m'empêcher d'être candidat, reprend Roussel comme s'il estimait maintenant utile de plaider sa cause ou de se justifier. Je n'ai jamais rencontré ni même entendu parler de ce gigolo marocain assassiné. C'est ignoble de mêler mon nom à tout ça ! Une monstruosité !

Servier opine de la tête en signe d'approbation, mais face à lui Roussel se sent très seul tout à coup. Quelque chose semble s'être subitement rompu dans leur relation, jusque-là si solide qu'elle a surmonté tous les aléas d'un combat politique acharné dont ils ont partagé les succès comme les avantages.

Roussel veut croire à une méprise facile à dissiper, et c'est avec une sorte de soulagement, comme si rien entre eux n'avait changé, qu'il entend son complice des bons et mauvais jours lui recommander d'une voix ferme :

— Vous devez riposter sans tarder !

Dans un premier temps, Roussel a interprété ce conseil comme une incitation à tenir bon, une marque de soutien qui allait de soi. Mais au silence qui suit et à la façon dont Servier se contente de le pousser à se battre sans lui proposer son aide, il comprend qu'une distance réelle s'est établie entre eux. Un éloignement peut-être irréversible dont il lui faut tirer les conséquences au plus vite.

À la fin du déjeuner, Guillaume Roussel, qui se sait désormais en danger, décide de convoquer son état-major de campagne. Il en informe Servier, chargé de le réunir dans l'heure qui suit. Ils conviennent de se retrouver sur place, chacun partant dans son véhicule comme ils sont arrivés.

Roussel, le visage fermé, annonce dès le début de la séance que Servier sera secondé à dater de ce jour par le jeune député-maire d'Ambérieu-en-Bugey, Ludovic Jussieu, en qui il déclare avoir « toute confiance ». La réunion se tient à son QG de la rue de la Convention, dans une salle en sous-sol, aux murs placardés des affiches officielles du candidat. Un silence sans émoi accueille la nouvelle. Autour de la table, personne ne cherche à connaître les motifs de cette brusque révision des rôles. On s'en remet aux ordres du chef qui ne se prêtent à aucune discussion. Assis tout près de lui, Servier, muré dans sa placidité habituelle, se borne à juger ce changement « tout à fait opportun ». Ce n'est pas son genre d'en dire plus. Le même laconisme prévaut chez lui en toutes circonstances. Mais les mots, dont Servier est aussi économe que de ses sentiments, n'ont chez lui jamais rien d'anodin.

Guillaume Roussel a perçu d'instinct la signification de ce simple commentaire, fait pour passer inaperçu. Si Pierre Servier a pris acte de sa mise à l'écart sans manifester la moindre contrariété, c'est qu'il n'ignore rien du cataclysme qui se prépare et dont il entend se prémunir.

Comme si la rupture, de son côté, était aussi consommée, l'ex-Premier ministre lève la séance sans un regard pour son voisin le plus proche. À aucun moment il n'a adressé la parole à Servier ni murmuré un mot à son oreille, la main en cornet, la tête légèrement penchée vers la sienne en signe de connivence. Roussel se retire aussitôt après, prétextant un rendez-vous urgent pour rentrer chez lui, avenue de la Bourdonnais, avec son chauffeur, accompagné par ses gardes du corps dans une voiture suiveuse.

À son arrivée, une fois vérifié qu'aucun photographe ne stationne à proximité, il descend très vite de son véhicule, salue les policiers en faction devant l'entrée de l'immeuble et s'engouffre dans le hall, après avoir demandé à sa protection rapprochée de le laisser seul. Son appartement est situé au dernier étage, en surplomb de l'École militaire et du Champ-de-Mars. Roussel s'étonne presque, sitôt entré, de n'y trouver personne, alors que le maître d'hôtel affecté à son service est en congé pour la semaine et que son épouse a déserté les lieux depuis longtemps.

Héloïse ne réside plus à Paris que de façon épisodique, par devoir vis-à-vis de son mari, les jours où sa présence s'impose à ses côtés. Elle préfère vivre dans leur propriété de Touraine où il la rejoint de rares week-ends. Une situation dont Roussel s'est accommodé jusque-là comme du meilleur compromis pour préserver leur relation conjugale, mais qui lui renvoie à présent l'image d'une existence désordonnée, livrée à tous les vents. La sienne depuis vingt-cinq ans et ses débuts en politique.

Guillaume Roussel a beau s'estimer innocent, ne rien comprendre au rôle qu'on lui attribue dans une affaire de mœurs qui menace de virer au scandale d'État, le mal est fait, d'une certaine manière. Sinon pourquoi, attaqué sur ce terrain, se sentirait-il désarmé par avance ? À la merci de révélations qui, même fausses et diffamatoires, ne manqueront pas de l'atteindre…

Ses ennemis ne s'y sont pas trompés. L'un d'entre eux en particulier, l'initiateur secret de cette campagne encore souterraine. Guillaume Roussel, bien que réduit pour l'heure à des hypothèses ou de simples présomptions, a quelques noms en tête et même une idée assez précise du personnage haut placé qui a le plus intérêt à l'abattre.

2

Secret des sources

Guillaume Roussel s'attend désormais à ce que la nouvelle tombe d'un instant à l'autre. Il passe la soirée et une partie de la nuit retranché dans son appartement, rideaux tirés, à guetter sur son portable le message ou l'appel fatidique, à scruter les informations sur toutes les chaînes de télévision. À la fois fébrile et résigné comme un homme conscient qu'une arme est braquée sur lui, sans savoir quand ni par qui la balle qui lui est destinée sera finalement tirée.

Menacé par la rumeur qui l'a pris pour cible, Roussel se sent impuissant à contrer cet ennemi sans visage. Depuis la défection de Servier, il n'a cherché à joindre aucun de ses proches, pas même son épouse, comme s'il en était arrivé à douter de la fiabilité de tous. Il s'est replié sur lui-même, avec l'idée qu'étant à peu près le seul à connaître la vérité, il ne peut compter sur personne, dans son entourage familial comme au sein de son parti, pour l'aider à se sortir d'affaire.

Sur les conseils d'un autre de ses amis, l'avocat Édouard Lessner, Roussel a songé un instant, dans l'espoir de la désamorcer, à dénoncer la menace qu'on fait peser sur lui. Le mieux serait peut-être de la rendre publique avant qu'elle ne soit divulguée et ne devienne incontrôlable. Mais il y a renoncé : démentir, réagir par avance serait prendre le risque de donner corps à une réalité encore inexistante pour la plupart des gens. Et paraître s'en soucier comme s'il avait quelques raisons de la redouter.

Guillaume Roussel, après avoir fumé cigarette sur cigarette et enchaîné les verres de whisky, a fini par s'assoupir sur le grand canapé du salon où il s'est allongé tout habillé, son téléphone à portée de main, l'œil rivé sur l'écran de télévision. L'écran est encore allumé, crépitant d'informations en continu, lorsqu'il se réveille en sursaut.

Il est à peine sept heures et seuls quelques signes de vie lui parviennent du dehors. Rien qui le concerne apparemment dans les premiers journaux du matin. Il se fige d'un coup quand son nom est cité, quelques minutes plus tard, et qu'il surgit à l'image, discourant à la tribune et fendant la foule de ses supporters lors d'un meeting récent. Mais le sujet d'actualité n'est rien d'autre que la campagne présidentielle à venir et les candidats déjà en lice, dont le favori de l'élection. Aucun appel non plus sur sa messagerie. Hormis celui de son officier de sécurité confirmant qu'il sera bien là à l'heure convenue, avec deux de ses collègues, pour leur jogging quotidien.

Comme s'il tenait à s'assurer qu'aucun imprévu n'était venu contrarier leur programme habituel.

Chaque jour, à une heure assez matinale pour être vu sans être dérangé, Roussel va courir avec ses hommes dans les rues environnantes puis les allées du Champ-de-Mars. Un exercice recommandé auquel il sacrifie sans plaisir, tant par nécessité de « s'entretenir », de « garder la forme », que pour une question d'image. Fini le temps où la physionomie pansue des notables en costume croisé passait pour une preuve rassurante de confort et de stabilité. Une séance de jogging régulière, exploitée à bon escient, offre désormais le meilleur gage d'endurance et de vitalité. Roussel ne s'est pas contenté d'apparaître à la télévision gravissant en short, tee-shirt et baskets le perron de Matignon au retour de son footing journalier. Il a poussé le zèle jusqu'à s'acheter une Garmin, la montre qui permet de chronométrer la foulée des marathoniens et de vérifier leurs performances. Ses conseillers en communication ont naturellement veillé à mettre en avant ce signe d'un sportif accompli. Ils ont même prévu d'en faire l'un des emblèmes de sa future campagne.

Acte manqué ou détail fortuit, Roussel vient à peine de s'élancer, avec ses gardes du corps, en direction de l'esplanade, quand il s'aperçoit qu'il a oublié d'emporter son instrument fétiche. Il envisage de faire demi-tour, puis renonce à cette mise en scène devenue quelque peu dérisoire. Courir lui procure une impression plus bienfaisante que d'habitude, et même une sensation de délivrance après une nuit de quasi-insomnie. Grisé par la fraîcheur de l'air, il savoure le calme et la douceur de ce début de journée où percent des bribes de soleil dans un ciel de fin d'hiver.

Les personnes qu'il croise lui sont souvent familières, tout acquises à sa cause dans ce sanctuaire de la droite parisienne où il aurait pu se faire élire, s'il n'avait choisi de se présenter en Bourgogne, dans la deuxième circonscription de Saône-et-Loire. Le fief d'un ancien ministre centriste, Paul Besset, qui le désigna comme son héritier. Les passants échangent avec lui un simple sourire ou un bref salut de la main. Aucun d'eux ne lui semble avoir été encore contaminé par ce qui se raconte ailleurs à son sujet. De quoi le rassurer à bon compte : si cette cabale devait se confirmer, elle n'aurait qu'un impact limité, loin de l'ampleur espérée par ses instigateurs.

De retour chez lui, une heure et demie plus tard, il trouve une trentaine de messages sur son portable. La plupart proviennent de son équipe de campagne et de Servier lui-même pour préparer une grande émission politique et organiser ses prochains déplacements en province. Un appel le surprend et l'intrigue : celui de Norbert Pablo, le patron du site Free Investigation qui sollicite un entretien « dès que possible », autrement dit de toute urgence. C'est son équipe qui a publié la première enquête sur le meurtre de Fouad Layannah. Elle qui a indiqué, sans preuves mais de manière assez explicite, les motifs de son élimination, lesquels impliqueraient « des personnalités » en vue – sans plus de précision… Tout est parti de là, le poison ainsi distillé nourrissant déjà autant de fantasmes.

Roussel connaît bien le style et les méthodes de Norbert Pablo pour les avoir parfois utilisés à son profit. Sa façon de procéder obéit, quel que soit le dossier traité, à la même logique : dénoncer un coupable présumé à partir d'éléments à charge encore peu étayés mais jugés suffisants pour le mettre publiquement en accusation, alimenter la suspicion en s'abritant le plus souvent derrière le secret des sources, déstabiliser sa cible, la traquer sans jamais lâcher prise jusqu'à sa destruction politique ou sociale. Même si l'innocence de la victime est finalement avérée, il est trop tard pour que sa réputation n'en reste pas entachée de façon irrémédiable. Le fondateur de Free Investigation peut se glorifier d'avoir assez souvent visé juste et mis à terre des puissants auxquels aucun de ses confrères n'osait s'attaquer. Mais il a rarement fait amende honorable en cas d'erreur tragique. Invoquant d'un air faussement contrit les aléas du métier…

L'information n'est pas une fin en soi pour Norbert Pablo : « On trouve ce qu'on cherche », explique-t-il pour résumer sa conception du travail d'investigateur qui s'apparente, bluff compris, à celle d'un joueur de poker. La quête de la vérité ne sert qu'à étayer son intime conviction, fortifier ses partis pris, ses allergies et ses inimitiés, assouvir son goût de la guérilla et des stratégies occultes. Si la conclusion n'est pas celle qu'il souhaite, Pablo remplace la preuve par l'affirmation et le passage en force. Seuls l'intéressent le dessous des cartes, les mécanismes troubles du pouvoir, la face cachée des dirigeants. Un plaisir de connaisseur pour cet activiste dont le patronyme a l'air d'un nom de code pour réseaux clandestins.

Toujours habillé de noir, crinière de jais un peu trop luisante parfois, regard nocturne, mine de guetteur en embuscade, Pablo cultive la stricte apparence d'un mystique de l'ombre, au magnétisme de sorcier. On le sait friand des rapports de police et dossiers de justice qu'on lui fournit, matériau de choix pour déstabiliser sa proie du moment avant de l'abattre. Quitte à bénéficier contre elle de la discrète complicité de l'un de ses rivaux du même bord et à se faire ainsi le relais d'un règlement de comptes « entre amis ».

C'est par le biais d'une relation de ce genre que Roussel et lui sont entrés en contact. À une époque pas si lointaine où le premier avait intérêt à l'éviction d'un proche du chef de l'État, Pierre Beaupré, présenté comme son dauphin. Guillaume Roussel, alors ministre de l'Intérieur, avait communiqué au journaliste des documents confidentiels sur des malversations financières dont se serait rendu coupable son collègue en charge des Affaires sociales, aussitôt pris dans les filets d'une campagne de presse qui lui fut fatale. Accusé à tort, Beaupré ne fut que partiellement disculpé aux yeux de l'opinion, sa carrière brisée, ses espoirs présidentiels anéantis. « L'utilisation des affaires, estimait alors Roussel en privé, c'est encore de la politique, mais par d'autres moyens. »

Attraction des contraires : c'est tout ce qui oppose les deux hommes, le conservateur déclaré et le trotskiste patenté, le tenant de l'ordre bourgeois et le dynamiteur des valeurs établies, qui a fini par les rapprocher. Pablo se plaît à saluer l'intelligence, le panache, la droiture de son « seul ami réactionnaire ». Et Roussel à évoquer sa bonne entente avec « un professionnel talentueux et exigeant, fût-il subversif ». Nul hormis Pablo n'est censé connaître le rôle qu'il a joué dans l'affaire Beaupré comme dans d'autres. C'est entre eux un secret absolu, du moins de son côté.

Est-ce en raison de leur vieille connivence ? Toujours est-il que le dirigeant de Free Investigation, pourtant à l'origine des révélations sur l'assassinat du jeune Marocain, ne s'est pas encore fait l'écho de la rumeur ambiante. Roussel s'est abstenu de le contacter en premier, par crainte de se découvrir. Au téléphone, Pablo, qu'il a joint aussitôt, se montre toujours aussi cordial et bien intentionné. La voix suave et le ton apaisant. Mais sans ambiguïté sur les raisons de son appel :

— J'ai besoin de vous parler pour clarifier certains aspects de cette affaire avant de les rendre publics. Des aspects gênants, je ne vous le cache pas. Le mieux est de nous voir dans un endroit discret. À votre domicile, par exemple… Ce serait l'idéal.

Pablo l'avertit qu'il viendra « flanqué de l'auteur du scoop ». Un jeune enquêteur du nom de Sylvain Maher, présenté en riant comme « son héritier spirituel et le prétendant au trône » :

— C'est le meilleur de sa génération, lui précise-t-il. Un fouineur tenace et très habile. Bien plus doué que moi au même âge. Nous ne sommes pas d'accord sur tout, il me juge parfois trop complaisant. Pas assez dur, pas assez méchant… Il ne me ménage pas et il a raison. Que voulez-vous, je suis devenu le vieux chef sioux qu'on bouscule et malmène…

Roussel, sachant que son interlocuteur n'est pas homme à se laisser supplanter, s'interroge sur les raisons d'un tel accès d'humilité. Il voit dans cet apparent passage de relais une manière assez inquiétante de se défausser. Soucieux de préserver leurs relations à toutes fins utiles, Pablo préfère sans doute ne pas endosser la responsabilité d'une enquête qui risquerait de les compromettre.

Rendez-vous est pris en fin d'après-midi. Roussel a hâte d'être fixé sur les éléments à charge que les deux hommes sont censés détenir contre lui. Tel un présumé coupable dont l'ultime recours serait sa mise en examen pour connaître enfin les faits qui lui sont reprochés, il se prépare à cette rencontre aussi fébrilement que s'il s'apprêtait à comparaître devant ses juges.

Libérant aussitôt son agenda pour « raisons personnelles », il demande à son assistante de reporter le déjeuner prévu depuis plusieurs semaines avec l'un des principaux soutiens financiers de sa campagne. Il fait annuler, en invoquant le même motif, l'interview qu'il devait accorder, l'après-midi, à un éditorialiste de la presse économique.

Le seul engagement du jour qu'il décide de maintenir est son dîner, fixé chaque 21 du mois, avec son ami Antoine Jelloul, de retour à Paris. Un rite auquel il a rarement dérogé. Jelloul passe pour un personnage peu recommandable et sa compagnie peut se révéler plus que jamais compromettante. Mais Roussel en prend son parti. Pour lui, cet intermédiaire sulfureux est un allié sûr, doublé d'un bienfaiteur aux largesses illimitées.

Les deux hommes ont peu de secrets l'un pour l'autre, liés par un même goût de l'intrigue et de la transgression. Antoine Jelloul est un des seuls parmi les intimes de Roussel à bien connaître l'envers de son existence, d'autant qu'il n'est pas toujours étranger à certains de ses écarts. Tout comme Roussel n'ignore à peu près rien des activités les plus troubles de son partenaire de jeu, de l'étendue de ses réseaux et des moyens d'influence dont il s'est doté au fil du temps. S'il est avéré que « l'affaire » comporte des « aspects gênants », le soutien de Jelloul peut lui être d'une certaine utilité.

Roussel, persuadé d'avoir pris les précautions nécessaires, ne voit pas, en réalité, ce qu'on aurait à lui reprocher s'agissant de sa vie privée. Parmi ses fréquentations, il ne se souvient pas d'avoir rencontré ni même côtoyé le jeune Marocain en question. Son nom, Fouad Layannah, lui était inconnu jusqu'alors. Il ne figure ni sur la liste de ses contacts ni parmi les destinataires des messages conservés sur son portable confidentiel – à moins d'avoir effacé le sien par mégarde. Aucune trace non plus dans son agenda des derniers mois, où il consigne rarement, il est vrai, ce genre de rendez-vous. Il n'aurait pu l'oublier quoi qu'il en soit, lui qui se flatte d'être hypermnésique.

Roussel n'en est pas apaisé pour autant, conscient que le moindre soupçon ou une simple insinuation suffirait à jeter le doute sur des penchants qu'il se serait efforcé de dissimuler. Il aurait beau nier, protester, crier au complot et à la calomnie, ce doute subsisterait. Tout au plus pourrait-il opposer à ses détracteurs l'image publique d'une vie de couple et de famille irréprochable et conforme à ses idéaux. Une relation sans accroc, stable et harmonieuse, avec son épouse, la même depuis près de trente ans, dotée des vertus requises pour incarner, le moment venu, une parfaite première dame. Tout la destine à tenir ce rôle : le sens du devoir, la distinction discrète d'une femme issue de la meilleure aristocratie provinciale, l'attention aux autres, une piété fervente, des goûts simples de lectrice et de mélomane à la culture assurée.

Modèle d'abnégation et de dévouement à la carrière de son mari, Héloïse reste son plus solide atout auprès des tenants d'un ordre moral qu'elle symbolise à leurs yeux de manière naturelle et irréfutable. Une caution dont Roussel n'hésite pas à se servir durant ses campagnes électorales en mettant sa femme en avant dès qu'il l'estime judicieux. Elle, la fille de militaire habituée à œuvrer dans l'ombre, si peu faite pour la lumière qu'on la sent mal à l'aise, figée à force de raideur ou de timidité, lorsqu'il la présente en public comme sa conseillère privilégiée et une inspiratrice avisée. « Héloïse sans qui… », « Héloïse grâce à qui… » : des formules qu'il se met à égrener sans fin dans ses discours quand il en sent l'utilité politique.

La compagne apparemment effacée mais de caractère qu'est Héloïse ne répugne pas à cette distribution des tâches, gage d'un pouvoir particulier, à la fois de garante et de faire-valoir. En dépit de ce qui a pu l'éloigner de son mari au fil du temps, elle sait d'instinct et d'expérience qu'il aura toujours besoin d'elle. Et lui, de son côté, n'ignore pas l'avantage de pouvoir s'abriter derrière le paravent d'un ménage rangé, fait pour poser, avec ses quatre enfants, sur les photographies de magazines.

Guillaume Roussel est loin, bien entendu, d'avoir été l'époux assidu et le père attentionné dont il a tant veillé à cultiver les apparences. Mais le remords d'avoir souvent failli à ses devoirs le préoccupe moins dans l'immédiat que le souci de continuer à faire illusion. Il se reproche certes d'avoir été un chef de famille inconstant et pressé, en décalage permanent avec les siens. Au point de ne plus se souvenir, le jour où un journaliste l'interrogea à ce sujet, ni du niveau d'études de François, son fils cadet, ni de la profession exacte de sa fille Émilienne. Mais la mauvaise conscience qu'il en éprouve périodiquement n'est pas son souci du moment. Ce qui lui importe pour l'heure, c'est de tirer parti de son statut comme du meilleur démenti à toutes les dérives dont on pourrait le soupçonner.

Roussel ne voit rien d'anormal à cela, tant ils sont nombreux autour de lui à se jouer en privé des convenances qu'ils défendent en public avec force et autorité, les plus rigoristes dans ce domaine étant rarement les plus vertueux. Les exemples de double vie – un mot faible pour les qualifier – qui lui viennent à l'esprit devraient suffire à relativiser son propre cas. Il pense, en particulier, à ce président de groupe au Sénat, catholique bon teint, chantre attitré des valeurs familiales, qui se vantait devant lui de ses exploits dans les clubs échangistes de la capitale. Vrai ou faux, il s'en flattait sans vergogne, comme s'il s'agissait de son principal titre de gloire.

Des imposteurs dans son genre, Roussel en a identifié quantité d'autres dans la sphère politique. Un ancien ministre de l'Intérieur, qui fut abreuvé chaque soir par ses services de « Notes » appropriées, reste bien informé de ces dossiers délicats. C'est en partie pour cette raison que Guillaume Roussel a expressément demandé à être nommé place Beauvau. Mais, sauf à s'en servir comme d'une menace ou d'un moyen de chantage, quel usage pourrait-il faire des renseignements qu'il détient sur les mœurs ou les pratiques, sexuelles ou financières, des autres, chefs de partis, membres des gouvernements successifs, hauts fonctionnaires, conseillers de cabinets ministériels et présidentiels parmi les plus influents ? Exhumer les documents ultraconfidentiels qu'il a conservés sur certains d'entre eux, comme sur des journalistes, commentateurs et éditorialistes de renom, aurait des effets dévastateurs. Peu de réputations y résisteraient.

Mais recourir à ce type d'arme reviendrait, en fin de compte, à se saborder soi-même. Mieux vaut miser à ce stade sur l'omerta qui prévaut dans son milieu. L'acceptation tacite d'une ligne que personne n'a intérêt à franchir.

Une fois rentré de sa séance de sport, Roussel a passé la majeure partie de sa journée à errer en peignoir dans son appartement. Incapable de se fixer sur une occupation particulière, comme s'il se sentait en sursis jusqu'à l'arrivée de ses visiteurs. Il a toujours fui, en plus de vingt ans d'action politique et d'exercice du pouvoir, ces moments de solitude où il risquait de se retrouver livré à lui-même. Se laisser envahir, accaparer par les autres, lui paraissait, à tout prendre, la façon la plus honorable de s'étourdir pour mieux s'oublier. Il se disait indifférent à sa propre personne, du moins pas assez soucieux d'elle pour cultiver le goût de l'introspection. Mais c'est comme par hantise de soi qu'il s'est réfugié dans l'agitation et la frénésie permanentes d'une vie publique où il a pris plaisir à se perdre. Une vérité qu'il a toujours évité de s'avouer, et le plus déroutant pour lui est d'y être contraint à présent, dans des circonstances qu'il n'a d'aucune façon anticipées. Sans esquive possible si, par extraordinaire, il devait faire face à des révélations imprévues.

Guillaume Roussel sait, en professionnel de la dissimulation habitué à ne rien trahir de ses craintes et de ses doutes, qu'il n'aura aucun mal à se ressaisir, à préserver de lui l'image d'un leader solide et déterminé au moment d'affronter ses interlocuteurs. Il n'a pas même besoin de s'y préparer : un simple réflexe lui suffira pour intégrer ce personnage dès qu'il s'agira d'entrer en scène. Il est confiant dans son aptitude à donner le change, à montrer dans toutes les situations le sérieux et l'aisance d'un homme en total accord avec lui-même.

Mais une fois habillé, lorsqu'il prend soin, vêtu d'un de ses costumes gris favoris, serré à la taille, en chemise blanche à poignets mousquetaire et cravate bleu nuit, de vérifier sa tenue devant la glace du salon, il s'inquiète tout à coup de ce qui pourrait sembler suspect dans une apparence à ce point irréprochable. Comme si quelque chose sonnait faux dans ce maintien, cette élégance, cet aspect physique si parfaitement agencés, qu'ils en deviendraient quasi impersonnels, dépourvus de toute complexité. Rien dans sa façon d'afficher une allure, un style sans aspérités, qui ne soit conforme à son rôle jusqu'à se confondre avec lui. Au risque qu'un observateur avisé en arrive à s'interroger sur ce que cache tant d'équilibre et de bienséance.

C'est précisément le genre de questions dont Guillaume Roussel veille d'habitude à ne jamais s'encombrer. Il les élude d'autant mieux qu'il peut s'abriter derrière des préoccupations plus urgentes. Un homme d'État ne s'appartient pas, requis par des exigences qui le dépassent. Les « devoirs de la fonction » ont été jusqu'à maintenant ses meilleurs garde-fous pour occulter tout ce qui fait l'envers de sa vie. Ils ne lui laissaient pas le temps d'y penser. Ils l'aidaient du moins à conjurer les moments de doute ou de frayeur où il s'imaginait tout près d'être démasqué. Mais il se sait plus vulnérable depuis qu'il a quitté Matignon pour briguer la présidence et se trouve en position de favori. Tout peut arriver durant cette période d'attente et d'incertitude où il se fait parfois l'effet d'être suspendu dans le vide, à la merci d'un brusque décrochage.

Prévenu, à l'heure dite, de l'arrivée des deux journalistes par les policiers chargés de surveiller les entrées de l'immeuble, Roussel se tient sur le pas de la porte pour les accueillir à la sortie de l'ascenseur. Norbert Pablo, en col roulé, pantalon et veste de velours noir, sa couleur fétiche, s'avance vers lui en premier. Son sourire de mandarin plaqué sur les lèvres comme un rictus, le regard tapi sous les paupières.

— Vous ne changez pas, félicitations ! s'exclame Roussel avec cette familiarité que l'on réserve à une vieille connaissance.

Derrière Pablo, se tenant en retrait : son « héritier spirituel », le dénommé Sylvain Maher, qui s'est illustré en révélant toute l'affaire. Petit, d'une maigreur d'ascète, les cheveux en brosse, les traits émaciés, vêtu d'un jean et d'un blouson de cuir. Roussel comprend au premier coup d'œil qu'il n'a rien à espérer de ce « détrousseur de cadavres » – la formule qui lui est venue spontanément à l'esprit dès qu'il l'a vu s'approcher, une sacoche à la main, la mine taciturne.

L'air pénétré de l'importance de sa mission, le jeune reporter, une fois les présentations faites, se mure dans un silence distant, pendant que les deux autres rivalisent d'amabilités en échangeant des souvenirs. À Roussel qui, connaissant les goûts de son chef, lui propose également un whisky, Maher fait comprendre d'un geste de la main qu'il ne boit jamais durant le travail. Un verre d'eau, tout au plus…

— Le métier a beaucoup évolué, ironise Pablo pour l'excuser. Mais pas toujours en bien… On est passé directement du temps des baroudeurs à celui des moines-soldats. On a connu plus drôle…

Maher ne cille pas, figé dans son sérieux de professionnel. Il reste debout, refusant de s'asseoir, alors que son patron et leur hôte prennent place dans le salon, chacun à une extrémité du canapé.

D'abord sans bouger, puis en faisant quelques pas distraitement dans la pièce, Maher se met, l'air de rien, à inspecter les lieux de fond en comble, du plancher recouvert de larges tapis orientaux aux moulures blanches du plafond. Il examine en détail l'ameublement du salon, avec ses guéridons et consoles en acajou, ses collections de bronze et ses bibelots en ivoire, ses murs tendus de soie céladon peuplés de tableaux d'époque fin XVIIIe et de natures mortes… Décor ordonné, calfeutré, au classicisme un peu désuet, dont Roussel tient à préciser qu'il doit « beaucoup » aux goûts de son épouse.

Mais c'est avant tout sur la bibliothèque dressée au fond de la pièce que Maher paraît focaliser son attention. Comme fasciné par son impressionnante collection de livres rares et d'éditions originales… Roussel observe avec un peu d'étonnement cet intérêt insistant qu'il attribue chez le journaliste à une simple curiosité de bibliophile. Il est plus intrigué par le ton de sa voix, un timbre presque neutre où rien ne s'exprime, quand Maher lui demande la permission d'aller voir ses livres de plus près.

— Faites donc, je vous en prie, lui répond Roussel qui s'amuserait presque de l'étrangeté du personnage si elle ne l'obligeait à rester sur ses gardes.

Maher a surtout remarqué qu'un pan entier du meuble est occupé par des ouvrages de la collection blanche de chez Gallimard. Tous classés, note-t-il en s'approchant, par ordre alphabétique des auteurs dans leur œuvre intégrale : de Beauvoir, Camus, Céline, Cohen, Faulkner, à Hemingway, Modiano, Morand et Proust… Autre constat : le dos de chaque livre est demeuré intact comme s'il n'avait jamais été ouvert et n'était là que pour faire de la figuration. Pas une trace de pliure ou de salissure : chaque volume, d'une pureté aussi immaculée qu'à sa sortie de l'imprimerie.

— Vous lisez beaucoup d'après ce que je vois, commente Maher sans rire, en s'adressant à Roussel les yeux rivés sur lui.

— Oui, depuis toujours, confirme aussitôt l'ancien Premier ministre. La lecture tient une grande place dans ma vie, même si je ne m'en suis jamais vanté. Cela ne regarde que moi, en fait. Il faut savoir dans un métier comme le mien préserver son jardin secret. C'est une question d'équilibre. Je plains ceux qui n'en ont aucun.

— Comment faites-vous, avec un agenda aussi rempli que le vôtre ? feint encore de s'étonner le journaliste.

— Il suffit de le vouloir et de s'organiser en conséquence, réplique Roussel avec le même aplomb. J'ai toujours réussi à trouver le temps nécessaire. Une heure ou deux, quotidiennement. Parfois en journée, sinon la nuit. La lecture est mon meilleur oxygène. Je ne pourrais pas vivre sans elle.

Maher en reste là, comme s'il se réservait d'utiliser cette séquence pour éclairer d'autres faux-semblants chez le candidat de droite. Et Roussel s'empresse de couper court à ces préliminaires :

— Parfait, Messieurs ! Mais ce n'est sans doute pas pour parler de littérature que vous m'avez demandé rendez-vous.

Norbert Pablo et son collaborateur se consultent brièvement du regard pour savoir qui, de l'un ou de l'autre, lancera le sujet. Sans surprise, c'est à Sylvain Maher que son patron cède la parole.

Maher extrait lentement de sa sacoche un dossier cartonné renfermant plusieurs documents. Il revient sur les faits avant d'expliquer, d'une voix de greffier plongé dans la lecture d'un procès-verbal, l'origine de son enquête. Il raconte qu'un frère de Fouad Layannah, peu après le meurtre, s'est présenté dans les locaux de Free Investigation. Il a demandé à rencontrer Norbert Pablo, mais ce dernier étant absent, c'est lui, Sylvain Maher, qui l'a reçu. Ce visiteur inattendu lui a alors remis la lettre rédigée par la victime la veille de sa mort. Disant se méfier de la police comme de la plupart des journalistes, Fouad avait demandé à son frère de confier ce dernier message, en cas de nécessité, à un site « connu pour son indépendance et son intégrité ».

Dans ce courrier, dont l'authenticité ne fait « aucun doute » aux yeux de Maher, Fouad Layannah se déclare « en danger de mort ». Puis il mentionne divers noms de « personnalités » auxquelles on devrait s'adresser « pour tous les ennuis » qui pourraient lui être causés. Cette liste n'a pas encore été rendue publique, ce qui sera fait, indique Sylvain Maher, dès que les intéressés en auront été personnellement informés :

— Désolé de vous l'apprendre, ajoute-t-il froidement, mais votre nom y figure.

Stupéfait sans être vraiment étonné, Guillaume Roussel balaie d'un geste de la main ce qu'il veut interpréter comme un simple malentendu :

— Je ne connais pas ce malheureux, se borne-t-il à répondre. Je n'avais jamais entendu parler de lui jusqu'à ce que vous évoquiez son assassinat. Je n'ai donc aucune raison d'être cité parmi ses éventuelles relations.

— Êtes-vous sûr de ne jamais l'avoir rencontré ? insiste Maher qui a fini par s'asseoir en face de lui, le visage penché vers le sien comme pour recueillir ses aveux.

— J'en suis certain, lui répond posément Roussel. Je l'ai peut-être croisé par hasard comme on croise tant de gens quand on fait de la politique. En tout cas sans avoir entretenu avec lui le moindre contact personnel au sens où vous pourriez l'entendre d'après ses activités… disons professionnelles. Avez-vous des preuves de ce que vous semblez supposer ?

L'attitude la plus troublante pour Roussel est celle de Norbert Pablo, lequel assiste à la confrontation en évitant de s'en mêler directement. C'est en vain que Roussel cherche un appui de son côté, en arguant de leur relation de longue date :

— Tous ceux qui me connaissent, dont vous faites partie, lui dit-il, savent bien que ma vie privée a toujours été transparente.

Pablo ne réagit pas. Il arbore tout au plus un sourire évasif, le regard sinueux, devenu soudain insaisissable. C'est alors que Maher extrait de son dossier le tirage d'une photographie qu'il tend sans un mot à Roussel. L'ancien Premier ministre examine le cliché d'un air détaché comme s'il ne se sentait toujours pas concerné. Il est pourtant bien présent sur ce document pris à l'occasion d'un dîner mondain où on le voit, une coupe de champagne à la main, entouré de plusieurs convives. Parmi eux, assis à sa droite, son ami Antoine Jelloul. Et installé à la même table, à quelque distance de lui, un jeune Maghrébin en smoking, cigarette aux lèvres, éblouissant de beauté. Roussel le reconnaît facilement bien qu'il ne lui ait laissé aucun souvenir. Ce sont les images de Fouad Layannah publiées dans la presse depuis sa disparition qui lui permettent de faire le rapprochement.

— Où voulez-vous en venir ? demande-t-il aux deux journalistes, tandis que Norbert Pablo persiste à se dérober. Cette photographie n'a rien d'original. Vous en trouverez des milliers d'autres où je côtoie des inconnus sans qu'on puisse en conclure que je les ai fréquentés d'une manière ou d'une autre.

— Ce document n'aurait pas grand intérêt, en effet, admet Maher, si vous n'y apparaissiez précisément en compagnie de la victime. Dès lors, rien n'interdit de penser qu'il était un de vos familiers.

— C'est pour le moins surprenant de raisonner de cette façon, s'étonne Roussel, sans se laisser impressionner. Vous allez vite en besogne…

— Nous ne faisons que notre travail, rétorque Pablo avec une sorte de ricanement.

— Où sont vos preuves ? D'où vient cette photo ? Qui vous l'a communiquée ? interroge l'ancien Premier ministre, en s'efforçant de paraître toujours maître de lui.

— On ne peut rien vous dire à ce propos, se contente d'expliquer le fondateur du site. Désolé, secret des sources.

— Je crains, messieurs, que cette photo ne soit qu'un montage. Un faux fabriqué de toutes pièces !

— Elle est tout ce qu'il y a de plus authentique, réagit Maher. Nous l'avons fait expertiser. Pour nous, il n'y a donc aucun doute.

— Que comptez-vous faire ? demande encore Roussel en consultant sa montre pour signifier poliment à ses deux visiteurs que leur entretien est terminé.

— Notre travail, lui assène Pablo qui se lève à son tour, imité par Maher après avoir refermé sa sacoche.

— Vos méthodes sont discutables, constate Roussel en riant. J'espère pour vous que vous trouverez des éléments plus probants. Ne manquez pas de m'en informer le cas échéant, ironise-t-il avant de les raccompagner.

Maher amorce, avant de partir, un geste pour récupérer la photographie que Roussel entend bien conserver. Norbert Pablo fait signe à son collaborateur de ne pas insister. Roussel referme la porte derrière eux, après leur avoir serré la main par un simple réflexe de courtoisie.

3

Protection rapprochée

« Monsieur Antoine » aime à s'afficher dans les endroits les plus luxueux de la capitale. C'est sous ce nom de code assez transparent qu'Antoine Jelloul a sa table réservée chez Lasserre, au Ritz et au Grand Véfour, ses adresses favorites. Il jouit d'une place de choix dans chacun de ces établissements, installé de telle façon que sa présence ne puisse passer inaperçue et qu'il bénéficie du meilleur poste d'observation. Aussi soucieux de voir que d'être vu.

Lorsqu'il l'a appelé après le départ des deux journalistes, Guillaume Roussel a insisté sans succès pour que son ami accepte d'aller dîner dans un restaurant moins exposé. Il préférait le retrouver dans une brasserie de quartier, autorisant un minimum de confidentialité. « Monsieur Antoine », sans doute au courant de ce qui se trame depuis le début, a tout de suite compris pourquoi. Mais il a tenu bon :

— Plus on te verra et plus on pensera que tu n'as rien à cacher.

Roussel s'est finalement laissé convaincre de le rejoindre au bar du Bristol. Le palace, à égale distance de la place Beauvau et du palais de l'Élysée, où « Monsieur Antoine » a l'habitude de donner ses rendez-vous professionnels et de recevoir l'après-midi ses dernières conquêtes féminines. Jelloul est ici chez lui plus que partout ailleurs, entouré d'égards particuliers dans ce repaire des milieux de pouvoir où on lui prête toutes sortes d'influences. Nombreux sont ses obligés à venir, comme il dit, « lui baiser la babouche ». Il veille à cultiver cette renommée d'éminence grise en exhibant ses relations privilégiées avec les dirigeants les plus en vue, ministres en exercice, chefs de gouvernements français et étrangers, accueillis à sa table ou rencontrés le temps d'un verre pour des tête-à-tête aux airs de conciliabules.

Antoine Jelloul a la réputation, dans les cercles très privés où il évolue, d'un homme d'affaires « coopératif et d'une diligence à toute épreuve », capable du pire, dit-on, quand la situation l'exige. Il opère au cœur d'une nébuleuse d'intérêts politiques et financiers si difficiles à démêler que personne ne s'y est vraiment risqué. Fils d'un banquier de Beyrouth, il a fait fortune dans l'exploitation des minerais africains, pour laquelle il a fondé et dirige une société basée à Dakar. Il est aussi administrateur de la discrète mais toute-puissante Banque française intercontinentale, la BIC, chargée de la gestion des avoirs pétroliers entre la France et l'Afrique. Un établissement qui faciliterait surtout, dit-on, le blanchiment d'argent destiné à alimenter les circuits de financement politique. Jelloul, considéré comme un des principaux acteurs du système, fait étalage sans vergogne d'un pouvoir dont il se flatte comme un créancier du nombre de ses débiteurs.

Paradoxe dont il se délecte, lui qui se définit comme « un clandestin qui opère en plein jour », « Monsieur Antoine » est le moins effacé et le plus démonstratif des hommes de l'ombre, avec son allure avantageuse et sa faconde inépuisable, ses costumes trois-pièces taillés sur mesure, ses cravates de soie écarlate assorties à des pochettes ton sur ton, sa chevalière argentée gravée à ses initiales, une Rolex en or massif au poignet. Apparemment détenteur de « secrets explosifs », il se répand en anecdotes et commentaires lourds de sous-entendus, même s'il parle souvent pour ne rien dire, avant tout désireux de ne jamais laisser ignorer la toute-puissance que lui confèrent ses activités occultes. La corpulence massive, l'œil facétieux, le geste ample et le rire canaille, il promène de palaces en cabinets ministériels sa silhouette imposante de sphinx volubile, prodiguant conseils et recommandations avec la même générosité calculée qu'il répond aux sollicitations et promet ses services.

« Monsieur Antoine » n'a pourtant rien à vendre. Son seul commerce est de fournir à ses protégés les moyens de réaliser leurs ambitions, dans l'idée de leur devenir indispensable. C'est ce type de relation qu'il a nouée de longue date avec Guillaume Roussel. Une amitié présentée par lui comme « fraternelle et indéfectible », sans jurer qu'elle lui soit expressément réservée.

Antoine Jelloul était déjà, pour les initiés, un des pourvoyeurs de fonds attitré de la droite lorsqu'il a repéré ce jeune énarque qui, sous l'étiquette centriste, venait de faire son entrée à l'Assemblée par la grâce du potentat local qui lui avait cédé son siège. Jelloul n'avait pas son pareil pour flairer en politique les novices en mal d'initiation. De nouvelles recrues prêtes à se soumettre aux rites du milieu et disposées à toutes les compromissions, sans craindre d'aller jusqu'au reniement pour satisfaire leur appétit de carrière. Quelques mots échangés avec Roussel lors d'une brève rencontre chez des amis communs lui avaient suffi pour flairer chez ce dauphin présumé un faux disciple prêt à servir d'autres maîtres. Jelloul, qui se plaisait dans le rôle du mauvais génie, savait détecter parmi les « chairs fraîches » de la scène parlementaire les opportunistes en puissance qui ne demandaient qu'à tirer parti de ce qu'il appelait sa « protection rapprochée ».

Ainsi s'est-il très vite imposé auprès de Guillaume Roussel, après avoir décelé chez lui plus de flou que de certitudes, comme une sorte de guide mêlé d'entremetteur. Antoine Jelloul l'a d'abord incité à s'affranchir de son premier mentor, « tuer le père » étant selon lui le sacrifice nécessaire, l'acte fondateur de toute conquête du pouvoir. Il n'a pas eu besoin de beaucoup le contraindre pour que Roussel fasse preuve de dons prometteurs.

Fort des mêmes encouragements, le jeune député pousse alors cette volonté d'émancipation jusqu'à rompre tout à la fois avec les idées héritées de son milieu familial et celles du parti qui l'a fait élire, pour rallier sans ciller, une année après son entrée au Parlement, les rangs de la droite la plus conservatrice.

« Si tu veux réussir, tu dois choisir le camp où le pouvoir est à prendre. » Le conseil de son mentor agit sur lui comme un sésame. Guillaume Roussel renie d'un coup le peu de convictions qu'il possédait. Tenant à chacun le discours qu'il souhaite entendre, il sait se montrer conciliant, prompt à donner raison à ses amis ou adversaires, pour mieux n'en faire qu'à sa tête – quitte à « vendre son âme au diable », un moindre mal selon Jelloul, et à réinventer tout ou partie de son histoire personnelle. Conversion brutale, dénoncée par ses anciens amis comme une trahison et ressentie comme telle par ses propres parents.

Outrés, son père et sa mère, tous deux militants socialistes, d'origines modestes et ouvertement anticléricaux, l'avaient entendu un jour expliquer à la télévision, sans se démonter, qu'il était issu d'un milieu catholique et bourgeois conforme aux idées dont il se réclamait désormais. Le couple avait vivement réagi auprès de leur fils, avant de rétablir la vérité dans un journal local. Une tromperie inacceptable à leurs yeux. Antoine Jelloul y vit, quant à lui, une preuve flagrante de maturité. Le gage qu'il attendait pour faire profiter Roussel, en retour, des soutiens qu'il peut lui apporter. À commencer par son « aide matérielle », formule dont la pudeur recouvre tout un système d'arrangements et de trafics d'une opacité absolue. Des « montagnes d'argent liquide », comme Jelloul se plaît à le rappeler, en soulignant que s'il n'en connaît pas toujours la provenance, il est seul à pouvoir contrôler ses destinataires.

Roussel ne s'est pas cru obligé de manifester la moindre réticence le jour où « Monsieur Antoine » lui a remis ses premiers subsides dans une simple boîte en carton enveloppée de papier kraft. Des versements en espèces ayant pour but de financer en sous-main ses futures campagnes électorales comme de faciliter son train de vie.

L'argent pour Antoine Jelloul fait partie du jeu : à la fois « nerf de la guerre » et « prix de la liberté » pour de hauts dirigeants dont l'appétit peut devenir très vite insatiable. « Monsieur Antoine » ne se contente pas d'alimenter les caisses de leur parti. Il lui arrive aussi, au nom de la même « protection rapprochée », de prendre en charge, selon les impératifs et les particularités de chacun, des cadeaux de grande valeur pour eux-mêmes et leurs proches, de quoi enrichir leurs collections d'objets rares ou satisfaire leurs caprices du moment. Une façon de les corrompre qui lui permet aussi de s'insinuer dans leur intimité. C'est par ce biais, une fois identifiés ses besoins personnels, qu'il est entré dans celle de Guillaume Roussel.

Il s'étonnait, au début de leur relation, de ses brusques disparitions qui restaient inexpliquées, de ses absences prolongées où le jeune député devenait soudain injoignable et personne ne savait où le trouver, ni à Paris ni dans sa circonscription. Ces jours-là étaient rayés d'un simple trait de plume, sans plus d'indications, sur son agenda professionnel. Roussel invoquait, quand on l'interrogeait, la nécessité de s'isoler, de « faire le vide », en allant se réfugier dans des retraites connues de lui seul.

Il n'était encore qu'un parlementaire parmi d'autres à cette époque, assuré de passer incognito dans les endroits où il séjournait parfois une semaine entière. Devenu ministre, sans renoncer à son goût des évasions clandestines, il l'avait adapté à son nouveau statut pour s'effacer de temps à autre en milieu de journée ou fin d'après-midi sans quitter la capitale. Mais en s'arrangeant toujours pour qu'on ne puisse savoir où il était, ni ce qu'il y faisait.

Antoine Jelloul était bien décidé à élucider ce mystère lorsqu'il croisa son protégé par hasard, au début de leur relation, dans un palace d'Évian. Roussel y était descendu en compagnie d'un ami plus jeune que lui, présenté comme son nouvel assistant. Rencontre fortuite dont ils avaient feint de s'amuser avant de se retrouver pour un dîner à trois le soir même, sur une terrasse en bordure du lac, avec ce présumé secrétaire dont Jelloul, passée cette soirée, n'avait plus entendu parler.

« Monsieur Antoine » savoure l'emprise que sa sollicitude lui permet d'exercer sur ses bénéficiaires. Il sait que la vérité des êtres est souvent faite de ce qu'ils s'efforcent de dissimuler, et il se sent d'autant plus proche d'eux qu'il a réussi à percer leurs secrets. Sa connivence avec Guillaume Roussel est sortie renforcée de ce jour où il a surpris l'une des parts masquées de sa vie. Il le « tenait », d'une certaine manière. Dans l'intention non de lui nuire, mais de se rendre plus que jamais nécessaire à ses yeux. Son ascendant sur Roussel ne fit que croître au lendemain de cette rencontre inopinée, où Jelloul prit l'habitude de couvrir ses escapades.

C'est à la générosité de l'homme d'affaires que Guillaume Roussel, simple élu de la République, devra d'être régulièrement invité par la suite dans des hôtels prestigieux de Genève ou de la Riviera italienne où il pouvait jouir d'un parfait anonymat. Avant que ses fonctions ministérielles ne l'obligent à plus de discrétion et que le même intermédiaire mette à sa disposition, dans un quartier reculé de la capitale, le studio qui lui servirait de garçonnière. Roussel faisait en sorte de s'y rendre à des heures où ses passages ne risquaient pas d'être remarqués. Du moins a-t-il toujours eu le sentiment d'y être parvenu, persuadé d'un secret bien gardé…

Hors son ami Jelloul, seuls quelques-uns sont censés le connaître. Certains de ses condisciples de l'ENA, une poignée de ses collègues à l'Assemblée. La plupart mariés et ayant intérêt à se taire par crainte d'être démasqués à leur tour. Tous liés par les mêmes affinités et partageant les mêmes désirs qu'ils n'ont pas eu besoin de s'avouer pour les connaître ou les pressentir. Les autres, dans l'esprit de Roussel, ne pouvaient qu'ignorer ce qu'ils n'avaient aucun moyen de découvrir. Par aveuglement ou insouciance, il se refusait à imaginer le contraire. Aujourd'hui, il se demande avec effroi combien de personnes ont pu apprendre la vérité à son insu, et qui s'est chargé de les en informer.

Cette question le hante depuis la visite des deux journalistes, comme s'il venait de subir un vol par effraction, sa vie fouillée de fond en comble à la recherche d'une preuve qu'ils finiraient bien par trouver. La photographie exploitée contre lui n'est qu'un élément peu inquiétant à son avis. Mais suffisant pour que Guillaume Roussel se sente dépossédé d'une partie de son existence. La seule qui n'appartenait qu'à lui jusque-là.

À son arrivée au Bristol, l'ex-Premier ministre ne s'attarde pas dans le hall comme il le fait d'habitude pour saluer le personnel, serrer la main de quelques connaissances et répondre au sourire amical de clients le plus souvent étrangers. Il traverse le hall du palace d'un pas hâtif, sans faire attention à quiconque, et se dirige droit vers le bar où il aperçoit aussitôt Jelloul trônant à sa place attitrée. Campé au premier rang sur un canapé de velours grenat, dans l'éclat des lustres au cristal étincelant, l'homme d'affaires a l'air de parlementer, portable plaqué contre l'oreille, brassant l'air avec de grands gestes.

Jelloul s'interrompt dès qu'il voit Roussel s'approcher et se lève pour l'embrasser en l'étreignant.

— Je dois raccrocher, j'ai devant moi notre futur président ! lance-t-il à son interlocuteur d'une voix assez sonore pour alerter le reste de la salle.

Roussel devient instantanément la cible de tous les regards, d'autant que Jelloul, l'accolade exubérante, ne fait rien pour que son apparition passe inaperçue. Il se sent observé, scruté, d'une table à l'autre, sans sympathie manifeste. Il a vite fait de repérer dans l'assistance la présence de deux ennemis déclarés, l'éditorialiste vedette d'une grande radio privée et le conseiller spécial du Président, Stéphane Claustre. Postés à quelque distance de lui, mais assez proches pour tout entendre. Les deux hommes jettent des coups d'œil répétés dans sa direction, tout en faisant comme s'ils n'avaient pas remarqué son arrivée. Sont-ils là par hasard ? De quel sujet peuvent-ils parler, sinon de lui, de son « affaire » et du scandale qui risque de l'anéantir, ce dont ils ont toutes raisons de se réjouir ?

— Nous sommes encerclés. Les hyènes sont de sortie, s'efforce-t-il de plaisanter.

— C'est bon pour toi, la preuve que tu ne crains personne, persiste Jelloul. À condition de faire bonne figure…

Roussel n'y parvient pas, le visage tendu, les maxillaires serrés, aussi irrité par la curiosité dont il est la proie que par le comportement de Jelloul. Sa façon de parader, ses airs de marabout satisfait chez qui tout respire la combine et le négoce, ce sourire de jouisseur repu qui ne le quitte jamais, ses exclamations tonitruantes l'indisposent et lui font honte à présent.

— Ce n'est pas le moment de se donner en spectacle, s'agace Roussel en faisant mine de se lever pour partir. Allons ailleurs…

Jelloul essaie de l'en dissuader, avant de se résigner à changer de place. Il propose de s'installer dans le restaurant encore désert en ce tout début de soirée.

— D'accord, mais à l'écart, exige Roussel, en insistant pour lui parler à l'abri des regards soupçonneux et des oreilles indiscrètes.

Jelloul rechigne à l'idée de délaisser sa table quasi officielle, la seule qu'on lui connaisse. Mais il sent Roussel si fébrile qu'il finit par s'y résoudre.

Roussel s'assied au fond du restaurant, dos à la salle, ce que l'ancien ministre de l'Intérieur ne fait jamais par souci de sécurité vis-à-vis d'un agresseur éventuel qu'il ne verrait pas venir. Et après s'être assuré que personne n'est là pour les espionner, il extrait d'une enveloppe une photographie en noir et blanc qu'il tend à son ami :

— C'est leur prétendue pièce à conviction. La preuve, selon eux, que je fais partie des proches de la victime, dit-il à Jelloul en pointant du doigt le jeune Marocain assis à la même table qu'eux, lors d'un dîner qui se serait tenu quelques années auparavant.

Jelloul examine le document sans paraître ni surpris ni dérangé, comme s'il le connaissait déjà et jugeait inutile de s'alarmer.

— Pas de quoi s'angoisser. Cela ne signifie rien. S'ils n'ont rien de plus sérieux contre toi, tu peux dormir tranquille. Du travail d'amateurs ! se gausse l'homme d'affaires avec un grand rire persifleur.

Roussel réplique sèchement à ce commentaire, qu'il perçoit comme une pique :

— Que veux-tu dire ? Qu'ils pourraient trouver quelque chose de plus grave à me reprocher s'ils se donnaient la peine de chercher ?

— Pas de ça entre nous, tu sais bien que je suis de ton côté.

Roussel lui révèle, l'instant d'après, qu'il est nommément cité dans une lettre qu'aurait rédigée Fouad Layannah la veille de son assassinat, lettre désormais entre les mains des journalistes. Comme s'il prenait conscience tout à coup d'un problème plus sérieux qu'il ne l'imaginait, Jelloul se met à étudier de près la photographie posée devant lui. À Roussel qui le questionne à ce sujet, il assure ne se souvenir ni du moment ni du lieu où elle a pu être prise et encore moins de ce convive précis et des raisons expliquant qu'il se soit trouvé ce soir-là en leur compagnie.

— Moi non plus, avoue benoîtement Roussel. Mais qui me croira sur parole ? Je ne peux rien prouver, je suis piégé…

— Tu n'auras aucun mal à démontrer ton innocence, lui certifie son confident pourtant le mieux placé pour craindre le contraire. Tiens le cap que tu t'es fixé. Ne cède sur rien.

— Qui t'a informé du coup qui se préparait lorsque tu m'as appelé de Tanger pour me prévenir ?

— Un des principaux responsables des services marocains chez qui je dînais. Il a fait allusion à d'autres personnalités sans les nommer. Mais en aparté, connaissant nos liens, il ne m'a parlé ouvertement que de toi. En me faisant jurer de ne rien dire à personne…

— C'est l'Élysée qui est derrière tout ça, poursuit Roussel. Le Vieux me hait. Il pense que je lui ai forcé la main, que je ne suis pas digne de lui succéder. Personne ne l'est à ses yeux. La vérité, c'est qu'il ne supporte pas l'idée d'avoir un successeur, encore moins issu de son propre camp. Un opposant, à la limite, lui paraîtrait plus acceptable. N'importe qui plutôt que moi !

— En politique, nos vrais ennemis viennent toujours du même bord, surtout à droite, c'est un avantage de le savoir, souligne Jelloul qui prend soudain un air pénétré et énigmatique. Tu as intérêt, ajoute-t-il, à ce qu'on croie à un coup monté. Ça te servira auprès de tes électeurs d'apparaître comme une victime, c'est la meilleure façon de te blanchir. Laisse-moi faire, je m'en occupe. On guérit le mal par le mal... Je sais de quoi je parle !

Est-ce ce que « Monsieur Antoine » appelle « être utile à la République » la spécialité de cet émissaire à l'entregent sans limites ? Roussel accepte son offre d'un geste évasif, sans croire qu'il subsiste la moindre chance de désamorcer à temps la machination orchestrée contre lui. Tout lui paraît déjà si compromis qu'il en arrive même à se demander ce que cache cette main secourable. Pour servir quelle cause et ménager quels intérêts Jelloul se propose-t-il de lui venir en aide ? Jelloul est pourtant l'un des seuls, lui semble-t-il, à qui il puisse encore se fier. Mais il éprouve, pour la première fois, le sentiment d'une trop grande connivence, une façon d'être à sa merci qui le répugnent et l'inquiètent à la fois.

Après s'être contenté de siroter un jus de tomate, Roussel prétexte un travail urgent à terminer pour écourter le dîner. Il est impatient de quitter ces lieux où il ne ressent envers lui que défiance et hostilité. Jelloul, avant de le laisser partir, lui glisse à l'oreille qu'il le tiendra informé de la suite en temps voulu. Il esquisse un mouvement pour le raccompagner, mais Roussel, d'un geste impératif, lui fait signe de rester assis.

Il regagne la sortie en prenant soin d'adopter son air le plus avantageux, la tête haute et le regard résolu. À l'image du « tueur à sang froid » que « Monsieur Antoine » se vante souvent, en privé, d'avoir enfanté – un « tueur » qui a prouvé ses capacités aussi longtemps qu'il ne s'est pas lui-même trouvé dans la ligne de mire. Une éventualité à laquelle Guillaume Roussel ne s'est jamais préparé, faute de l'avoir seulement envisagée.

4

L'image fétiche

Faire comme si. Son meilleur recours en cas d'adversité et pour s'inventer une autre vie que la sienne. C'est *comme si* rien ne s'était passé durant les derniers jours et qu'il n'avait aucun ennui sérieux à redouter que Guillaume Roussel décide le lendemain de reprendre le fil de sa campagne. Lui, le noctambule habitué à ne dormir que quatre ou cinq heures par nuit, s'est couché exceptionnellement tôt en rentrant la veille de son rendez-vous avec Jelloul, après avoir pris des somnifères pour réussir à dormir d'une traite et reprendre des forces.

Roussel débarque en début de matinée à son QG de la rue de la Convention, sans avoir prévenu personne de son arrivée. Il commence, précaution inhabituelle, par faire le tour des bureaux. Il salue tous ceux qui s'y trouvent en lançant à chacun : « Tout va bien pour vous ? » Sans qu'on ait besoin de lui renvoyer la même question tant il paraît de nouveau en grande forme, le teint frais, le pas rapide, éclatant de vitalité. Il s'excuse d'avoir dû, la veille, annuler brusquement ses rendez-vous pour « raisons de famille ». L'explication suffit à dissiper les craintes d'une subite difficulté politique qui s'étaient aussitôt répandues au sein de son équipe. Tout est réglé et le voici prêt à repartir au combat.

La mine décontractée, Roussel s'informe des premières nouvelles du jour. Il commente en plaisantant un sondage de la veille qui le place toujours fin février, à huit semaines du premier tour, en tête des intentions de vote, avec une large avance sur ses concurrents – « C'est indécent… Ils vont finir par s'agacer ! » Il évalue d'un œil amusé la masse de courrier, messages, mails, accumulés en sa brève absence et dont il emporte sous le bras le dossier volumineux avec l'intention d'y répondre en personne. Il demande à son assistante, surprise de le voir surgir à l'improviste, de lui fournir son emploi du temps des prochains jours, la liste de ses rendez-vous et des appels qu'elle a reçus, et la charge d'organiser au plus vite un « briefing de quelques minutes » avec ses principaux collaborateurs. Il veut « faire le point » sur ses meetings à venir, les débats télévisés qui s'annoncent et les révisions ultimes à apporter à son programme électoral.

La jeune femme a l'air un peu gênée de devoir lui annoncer une « mauvaise nouvelle » : la défection momentanée de Pierre Servier, grippé et contraint de rester chez lui. Mais Roussel se contente de prendre acte en souriant de ce faux prétexte. Il en faudrait plus pour le couper dans son nouvel élan. Il voit même dans la prétendue maladie de Servier une opportunité à saisir. Il en profite, une fois son état-major réuni autour de lui, pour confier les « pleins pouvoirs » à Ludovic Jussieu dans la direction de sa campagne.

Salué par les commentateurs politiques comme un des « espoirs de la génération montante à droite », le député de l'Ain, élu à vingt-neuf ans et benjamin de l'Assemblée, compte parmi les tenants de la ligne dure à l'intérieur du parti. Celle que Roussel présente, pour s'en féliciter quand il l'estime opportun, comme sa « garde de fer ». Une frange d'ultras au conservatisme intransigeant sur les questions dites « sociétales », en particulier l'avortement et le mariage gay, jugés incompatibles avec leurs propres valeurs et dénoncées comme autant de « fléaux pour la civilisation ».

Guillaume Roussel n'a pas besoin de leur donner tort ou raison. Il lui suffit de laisser ces irréductibles s'exprimer pour qu'ils lui servent de caution sur tous les plans. Peu importe ce qui le sépare d'eux. Promouvoir un des leurs, c'est achever de se poser lui-même en garant des « bonnes mœurs ». Le meilleur alibi qui soit dans l'hypothèse où il se verrait publiquement suspecté du contraire. Archétype de cette nouvelle droite qui « entend assumer sans rougir ses convictions », Ludovic Jussieu lui fait parfois l'effet d'un ange exterminateur avec sa parole coupante et ses grands yeux bleus dans son visage d'étudiant éperdu de certitudes. Mais Roussel le considère comme un allié d'autant plus utile que cet admirateur zélé ne manque aucune occasion de l'ériger en modèle.

Le candidat demande à son équipe de « redoubler d'énergie », mais en la mettant en garde, pour la première fois, contre l'illusion d'une victoire acquise d'avance :

— Rien n'est gagné, insiste-t-il. Ce n'est pas parce que nous sommes en position de force que nous sommes moins vulnérables. Au contraire. N'oubliez pas que nos adversaires de tous bords s'entendront sur un même objectif : m'empêcher par tous les moyens d'accéder au pouvoir. Soyons plus que jamais unis, solidaires et déterminés.

Et de leur annoncer qu'il a décidé de passer à l'offensive en multipliant les réunions publiques, en « sillonnant le pays jour et nuit si nécessaire », afin d'aller « à la rencontre des citoyens sans distinction »… Une tirade de formules toutes faites, débitée avec une conviction de circonstance, mais suffisante pour galvaniser des fidèles qui n'attendent de leur chef aucun autre discours. Roussel ajoute, pour conforter le tout, qu'« aucun obstacle » ne réussira à le faire dévier de sa route, « naturellement convaincu d'avoir les meilleures chances de l'emporter ».

Une fois ce message délivré, Roussel regagne son bureau en faisant signe à sa chargée de communication de le suivre, désireux de s'isoler quelques instants avec elle. Parmi tous ses collaborateurs, Sybille Royer est sans doute la personne la mieux placée pour capter son état d'esprit, décrypter ses doutes, ses calculs et ses arrière-pensées. Il a senti qu'elle ne le quittait pas des yeux durant cette séance improvisée, attentive à chacune de ses phrases, scrutant ses attitudes comme pour déceler les véritables raisons qui le poussent subitement à intensifier sa campagne. À moins que cette experte du Tout-Paris journalistique et des hautes sphères du pouvoir ne les connaisse déjà.

C'est en raison de sa double expérience des milieux politiques et médiatiques, comme de sa proximité avec l'entourage présidentiel, que Roussel, rétif envers les journalistes dont il se méfie en général, a fait appel aux services de cette communicante avisée. Dotée d'un savoir-faire redoutable, Sybille Royer est surnommée « la Souveraine » dans sa profession. Hommage à une femme de caractère, autoritaire et coriace, adepte de la chasse à courre et des arts martiaux sous ses allures de mystique en tailleur Chanel.

Grande, sèche, le port altier, le chignon strict serré sur la nuque, les traits aigus, le teint diaphane et le phrasé un peu apprêté d'une mondaine à la voix métallique et aux jugements péremptoires, Sybille Royer, la soixantaine bien portée, a façonné la notoriété et soutenu l'ascension de deux voire trois générations de personnalités de droite, son camp naturel. Certains présidentiables, qui avaient sa préférence, doivent à ses conseils d'avoir remporté la fonction qu'elle leur destinait, quand elle a permis à d'autres, qui ne jouissaient pas de la même estime, de faire au moins illusion. Tous, quelle que soit la catégorie où elle les situait, étaient subjugués par son sens de la manipulation et sa passion froide des jeux d'influence. Une sorte de sacerdoce pour cette dominatrice qui veille toujours, dès qu'elle est en public, à se tenir en retrait, la meilleure façon de faire sentir sa présence.

Roussel n'a pas cru bon de consulter Sybille Royer avant de recevoir les deux journalistes de Free Investigation, ni même de l'en informer. Il s'est limité à la sonder, au détour d'une conversation, sur la rumeur qui le concernait. Sybille Royer ne lui avait encore rien dit, elle non plus, de ce bruit qui circulait dans quelques dîners en ville et certaines salles de rédaction. « Je ne voulais pas vous inquiéter pour rien, lui a-t-elle alors expliqué pour justifier son silence. Car tout ça fera long feu naturellement. Une petite cabale assez classique en période électorale ! » Il s'était brièvement senti rassuré, se rappelant la capacité de Sybille Royer à dénouer d'autres affaires a priori plus préoccupantes. Jusqu'à son entretien avec Servier et qu'il en tire la conclusion de n'avoir probablement personne autour de lui sur qui s'appuyer en cas de scandale. C'est pourquoi il n'a pas jugé nécessaire de prévenir « la Souveraine » de son rendez-vous avec Norbert Pablo et son acolyte. Rencontre tenue secrète qui a achevé de l'édifier sur la réalité d'une menace que sa conseillère avait manifestement sous-estimée, par calcul ou ignorance. Mais rien ne lui prouve qu'elle l'ait fait en connaissance de cause. Peut-être a-t-elle minoré ce risque faute de disposer d'assez d'éléments pour l'apprécier.

Roussel estime avoir besoin d'elle, malgré tout, pour la suite de sa campagne. Et c'est comme s'il n'avait aucune raison de douter de sa fidélité qu'il la met dans la confidence, en tête à tête et porte close, des « calomnies » qu'on s'apprête à propager contre lui. Se déclarant « fermement résolu » à y faire face, il lui demande de se tenir prête, de son côté, à contre-attaquer le moment venu. Il assure n'avoir « rien, bien entendu, à se reprocher », cette « boue » n'étant faite que d'« insinuations forcément malveillantes », de « rapprochements improbables et dénués de toute crédibilité ».

— Vous savez comme moi que ce qui est faux est toujours le plus difficile à démontrer, lui répond-elle sans rire, avec cette ironie glacée qu'elle manie comme une lame. Mais nous y arriverons, enchaîne-t-elle d'un ton qui se veut plus bienveillant. Faites-moi confiance.

Sybille Royer n'a pas paru choquée et encore moins s'émouvoir lorsque Roussel lui a précisé la teneur des soupçons qui pesaient contre lui. Elle a gardé ce même masque d'impassibilité hiératique d'où fuse parfois un bref commentaire épicé d'un demi-sourire rarement indulgent. Sans émettre ici aucun jugement particulier, elle l'incite à recourir aux mêmes armes que ses adversaires :

— Vous détenez sur eux autant, si ce n'est plus d'informations qu'ils peuvent en avoir sur vous. N'hésitez pas à vous en servir. Vous avez de quoi les faire réfléchir, croyez-moi. Vous avez bien fait, en attendant, de rassurer vos troupes.

Elle ajoute, avec le même cynisme acidulé, que, disposant de « certains réseaux », il peut compter sur « certaines solidarités », en faisant allusion, sans le nommer, à son « corps d'origine ». Sybille Royer n'est pas la seule à l'avoir remarqué : Guillaume Roussel a toujours eu sur son bureau, à Matignon comme ici, la photographie officielle de sa promotion, disposée devant lui comme une image fétiche. De là à lui attribuer quelques pouvoirs particuliers…

— Merci de ces recommandations. Je vais réfléchir à tout ça et voir comment procéder, lui glisse-t-il d'un air entendu. Je finirai bien par trouver quelques amis fiables… Ils ne sont jamais aussi nombreux, dans ces cas-là, qu'on peut l'espérer. La plupart veilleront à se tenir à l'écart, par opportunisme et crainte de compromettre leur propre carrière… Ceux qui m'ont toujours jalousé ne manqueront pas de se réjouir de mes difficultés. Si tant est qu'ils ne soient pas à l'origine de cette cabale…

— Pensez-vous à quelqu'un en particulier ? lui demande-t-elle en le fixant du regard.

— Il est encore trop tôt pour vous répondre. Je n'ai que l'embarras du choix entre tous ceux qui ont intérêt à me nuire… Vous devriez essayer de vous renseigner de votre côté. Il n'est pas impossible que nous en arrivions aux mêmes conclusions…

C'est à la fois par jeu et par prudence que Roussel préfère éviter, sachant Sybille Royer liée à l'entourage présidentiel, de désigner ouvertement devant elle le probable instigateur du complot. Il regrette d'en avoir déjà trop dit à son ami Jelloul. Un aveu de faiblesse, estime-t-il à présent, jugeant désormais plus habile d'éluder la question, de *faire comme si*, faute de preuves, il n'avait aucune raison d'incriminer qui que ce soit. C'était au coupable de se révéler, non à sa victime de le démasquer. Il devait paraître tout ignorer de l'auteur de cette machination : la meilleure façon de le piéger en le forçant à se trahir. Voilà pourquoi Guillaume Roussel envisage moins que jamais de se priver des services d'une communicante qui peut ici lui servir d'instrument.

— Je compte sur vous pour mener votre propre enquête, lui répète-t-il en la raccompagnant. Et n'oubliez pas de me prévenir du résultat…

Il referme derrière elle la porte de son bureau, avec le sentiment d'avoir assez bien manœuvré en paraissant ignorer les origines exactes du complot, lui qui a toujours excellé dans l'art de tromper son monde.

Songeant à leur discussion, il se dit qu'il est peut-être temps, en effet, de mobiliser ses réseaux. La « solidarité » de ses anciens condisciples lui a rarement manqué dans l'exercice du pouvoir. Il n'avait pas besoin de la solliciter pour qu'elle s'offre à lui sans réserve. On se pressait à sa porte, tous ou presque se déclaraient désireux de le servir. Il s'attend, bien sûr, à autant de lâchages qu'il a connu de zèle. Mais il connaît surtout la logique d'un système de connivence où chacun se sent protégé et comme dédouané des siens par les secrets des autres.

Un de ses divertissements favoris depuis sa sortie de l'ENA était de se remémorer non seulement l'histoire particulière de chacun des élèves, tous cravatés et en costume de ville sur sa photo de promotion, mais surtout les liens qui se sont établis entre eux à cette époque, dans ce champ clos d'amitiés, d'amours et de rivalités où s'est jouée le plus souvent la suite de leur itinéraire.

Du premier au dernier rang, Guillaume Roussel s'amuse à examiner leur physionomie, leur manière de poser, de se placer sous l'œil de l'objectif en ce tout début de carrière. Et cette photo de groupe lui évoque irrésistiblement celle de passagers s'apprêtant, dans un roman d'Agatha Christie, à embarquer pour une traversée qui, sans qu'ils puissent l'imaginer au point de départ, se révélera fatale pour certains d'entre eux. En songeant à la façon dont leur destin a tourné court, il pense au sien, qui s'est noué à ce moment-là par des biais tout aussi imprévisibles.

On ne remarque que lui, aujourd'hui, sur ce cliché de la promotion La Rochefoucauld, à l'avant-dernier rang, en haut à gauche : grand, d'une beauté froide, la silhouette effilée, la mèche sur le front, le visage anguleux, empreint de tout le sérieux d'un jeune bourgeois mûri avant l'âge et comme voué de naissance au service de l'État. Mais celui qui se présente alors comme l'héritier d'une famille de gauche, fils d'un médecin de l'Eure et d'une mère directrice d'école, tous deux mendésistes, ne se distingue en rien du reste de ses camarades. Il passe presque inaperçu. Discret, la mine studieuse, le sourire retenu, Guillaume Roussel semble mettre tous ses soins à se fondre dans la future élite de la nation, à n'afficher de lui, à vingt-cinq ans, que l'image lisse d'une ambition mesurée. Recalé à deux reprises au concours d'entrée, il n'a réussi à être reçu qu'in extremis, promis de l'avis général à une carrière de second plan.

Ses anciens condisciples confieront plus tard n'avoir gardé aucun souvenir précis de Guillaume Roussel, si ce n'est celui d'un garçon effacé, solitaire et sans éclat. Aucun trait de caractère ni rien de singulier ne laissait prévoir, selon eux, la trajectoire exceptionnelle qui allait être la sienne. Le signe annonciateur aurait pu venir de son classement de sortie : la neuvième place, décrochée à la surprise de tous, qui lui avait valu de figurer dans « la botte », parmi les meilleurs, et de se voir ainsi ouvrir les portes de l'un des grands corps de l'État. On n'y avait rien vu pour autant de vraiment prometteur. Un coup de chance qui en resterait là, probablement. Guillaume Roussel passait avant tout pour un jeune homme sans relief, terne et laborieux. S'il avait réussi à s'imposer, ce ne pouvait être que de manière fortuite. L'explication la plus plausible d'un succès jugé accidentel.

Ils ne sont alors que quelques-uns à le fréquenter et à penser bien le connaître. Non une bande à proprement parler, mais un petit groupe d'amis épars et cloisonné, qu'il ne réunit qu'en de rares occasions. Les premiers à avoir éprouvé son ambivalence, cette aptitude à se composer en public un personnage tout différent et presque à l'opposé de celui qu'ils côtoient hors les murs. Son double en quelque sorte officiel. Aussi réservé, conformiste et besogneux que l'autre, sa face cachée, peut se montrer aventureux, affranchi, curieux des lieux troubles au cours de leurs virées dans les bars et boîtes de nuit à la mode et des quelques vacances qu'ils ont partagées, l'été, sur les plages de l'Atlantique, où Guillaume aimait tant à s'enivrer de soleil, subjugué par la liberté des corps.

C'est au sein de cette équipe restreinte de futurs énarques soudés avant tout par leur goût de la fête et du plaisir, que s'est joué, sans qu'il l'ait prémédité, l'avenir politique de Guillaume Roussel. Par l'intermédiaire de l'un de ses plus proches camarades du moment, Jacques Besset. Lequel le présente à son père, inamovible député de Paray-le-Monial, en Saône-et-Loire, qui vient d'effectuer un bref passage au gouvernement. Roussel s'apprête alors à intégrer sans enthousiasme l'inspection des Finances à sa sortie de l'ENA. Sa rencontre avec Paul Besset bouscule ses prévisions. C'est l'opportunité qu'il cherchait pour sortir des rangs sans y être vraiment entré.

L'élu règne depuis près de trente ans sur sa circonscription. Il envisage de se représenter à l'élection suivante pour un dernier mandat, avec l'idée de choisir un suppléant qui assurera sa succession. C'est à son fils unique qu'il préfèrerait laisser son siège. Mais Jacques Besset se désintéresse de la politique et, contrairement à Guillaume Roussel, il n'aspire qu'à faire carrière dans la haute fonction publique. Son ami, qui se morfond dans les divers cabinets ministériels auxquels il est affecté, ferait à ses yeux un dauphin idéal. D'autant que Roussel a des attaches dans le département : sa mère, native du Charolais, y a conservé une maison de famille. Paul Besset se laisse convaincre d'adouber le meilleur ami de son fils. Après avoir pris soin toutefois de le faire adhérer à la Fédération centriste, parti qui sert d'appoint à toutes les majorités de droite depuis sa création.

Guillaume Roussel, bien que s'étant déclaré socialiste jusque-là, n'y voit aucun inconvénient. Comme il ne fera aucune difficulté à rejoindre les bancs de la droite quand il le jugera opportun. Pour l'heure, il se veut non seulement l'héritier politique de Paul Besset, mais son continuateur et son disciple. Quitte à avoir déjà en tête de faire oublier cette filiation si elle s'avérait encombrante.

En attendant la succession promise, il consacre une partie de son temps, entre deux hauts postes administratifs, à se former sur le terrain. Exercice préparatoire qui lui impose chaque week-end d'arpenter inlassablement sa future circonscription, aux côtés du député toujours en place. D'aller, de fermes en villages, à la rencontre de chaque famille. D'assister, bien qu'incroyant, à chaque messe dominicale. De festoyer lors des foires, des comices agricoles et autres cérémonies d'intronisation par les confréries du cru. Sans négliger aucun banquet d'anciens combattants ni aucun déjeuner de premier de l'an dans les maisons de retraite, toujours présent les jours d'inauguration d'un nouveau bâtiment public ou du départ d'une course cycliste… Une corvée dont Guillaume Roussel semble ne jamais se lasser, apprécié de ses futurs électeurs qui lui accorderont largement leurs suffrages le jour où il pourra enfin se présenter seul devant eux.

L'œil rivé à présent sur sa photo de promotion, Guillaume Roussel repense à sa relation de jeunesse avec

Jacques Besset, à leur amitié perdue, définitivement rompue le jour où Roussel parut renier son mentor en changeant brusquement de camp. « Tu nous as trahis, je te briserai », lui fit alors savoir son ancien condisciple dont la rancœur n'allait cesser de le poursuivre. Il s'était présenté contre lui au scrutin suivant sans parvenir, comme il se l'était juré, à lui faire « rendre le siège » qu'il avait « usurpé ».

Jacques Besset l'accusait aussi d'être responsable de la mort de son père, foudroyé peu après par une crise cardiaque. Roussel s'était imposé à la messe d'enterrement où la famille lui avait pourtant indiqué, par voie de presse, qu'il n'était pas invité. Passant outre à cet interdit, il prit place dans la travée réservée aux intimes du défunt. Tous les regards, dans l'assistance, étaient braqués sur lui, ce matin-là, dans la basilique de Paray-le-Monial où se déroulait l'office. Parmi eux, celui de l'un des plus proches amis politiques de Paul Besset, assis au premier rang. Le président du Sénat, Louis Moulins-Duthilleul, élu depuis lors chef de l'État.

Roussel gardait cette scène en tête le jour où, devenu son Premier ministre, il sentit peser sur lui, lors de leur premier entretien à l'Élysée, ce même regard glacé qui semblait de nouveau lui signifier qu'il n'était pas à sa place. Ils n'avaient eu besoin ni l'un ni l'autre d'évoquer la mémoire de Paul Besset, ni celle de son fils Jacques pour savoir qu'il subsistait entre eux un souvenir inexpiable. Et de l'un des deux côtés, un compte à régler.

5

Dans la tourmente

Sybille Royer l'a appelé en milieu de matinée sur son portable : l'enquête de Free Investigation serait publiée dans l'après-midi. Elle disait en ignorer le contenu précis, mais s'attendre au pire. « Nous verrons bien », s'est contenté de répondre Roussel sans manifester aucun trouble ni signe de nervosité. Si bien que personne autour de lui n'a pu imaginer, sur l'instant, la secousse qui s'annonçait.

En train de faire campagne à Strasbourg et de sillonner les rues de la vieille ville, escorté par les édiles locaux et des centaines de militants, au milieu d'une cohue de journalistes, de photographes et de cameramen de télévision, Guillaume Roussel continue, imperturbable, de serrer des mains, la poignée franche, et d'embrasser à profusion ses supportrices, en affichant, impavide, la même décontraction souriante.

L'élégance stricte, en costume gris, chemise bleue à fines rayures blanches et cravate en tricot noir, la démarche sportive d'un homme à l'aise avec lui-même, le candidat offre plus que jamais l'image d'un conquérant sûr de lui. Il se laisse porter par l'enthousiasme de ses partisans qui l'acclament sur son passage et lui adressent des signes d'encouragement. Il savoure ces instants de liesse comme autant de raisons de se sentir hors d'atteinte. La confiance qu'il lit sur les visages, cette euphorie, cette ferveur quasi enfantine : une incitation de plus à « tenir bon, à ne rien lâcher ». Fortifié dans sa détermination par une popularité vérifiée à chacun de ses déplacements, par le bilan qu'on lui reconnaît, la force de ses soutiens électoraux et la réputation d'intégrité dont il jouit dans l'opinion. Il a si bien réussi à faire oublier ses revirements passés et à se construire l'image d'un homme de pouvoir droit et inflexible, que plus personne ne s'étonne quand il prend plaisir à répéter : « Je ne suis pas de ceux qui changent d'avis à tout bout de champ. Je ne change pas tout court. »

Toujours en position de favori dans les sondages, le candidat de droite reste perçu par une majorité de Français comme le futur président. Roussel y voit son meilleur atout pour déjouer une tentative de le déstabiliser devenue trop flagrante. Il n'aura aucun mal, pense-t-il, à en convaincre ses électeurs dès qu'il les appellera à se mobiliser en sa faveur. Tout se tient dans le raisonnement qu'il s'est construit, si bien ancré dans son esprit que Guillaume Roussel en est arrivé à occulter ce qui pourrait le rendre vulnérable à certaines attaques. Comme s'il lui suffisait de ne plus y penser pour que s'efface toute équivoque dans sa vie. Et d'enfouir ce secret pour qu'il n'ait aucune raison de ressurgir.

Son retour à Paris étant fixé en tout début d'après-midi, il se refuse à écourter sa visite pour rentrer plus tôt que prévu. Il veille à prendre son temps, au contraire. Soucieux d'accomplir jusqu'au bout son tour de ville, de saluer les habitants sur son trajet, d'aller rendre visite aux commerçants, une de ses assistantes prenant soin devant eux de noter leurs doléances sur un petit carnet, avant d'assister, à l'heure du déjeuner, à une réunion avec les élus de la région. Le programme minutieusement calibré et scrupuleusement respecté d'un candidat promis aux plus hautes fonctions. Le futur dirigeant du pays.

Chacun de ceux qui auront vu Guillaume Roussel à l'œuvre à ce moment-là, ignorant encore les motifs qu'il aurait eus de s'inquiéter, pourront témoigner le moment venu d'une sérénité et d'une maîtrise de soi impressionnantes. Preuve de sa tranquillité d'âme, Roussel affirme même haut et fort avoir coupé son portable pour éviter d'être dérangé. Désireux de se concentrer sur « la seule chose qui compte » : les préoccupations de ses concitoyens. Il a laissé, en réalité, son appareil en mode silencieux, sans avoir besoin de le sortir de sa poche pour deviner qu'on cherche en vain à le joindre et que sa messagerie est probablement saturée.

C'est une fois libéré de ses obligations, en chemin vers la gare où il a décidé de se rendre à pied, flanqué de Ludovic Jussieu et des cadres de son parti en Alsace, qu'il se met à consulter discrètement la liste des appels et textos affichés sur son écran. Près d'une centaine depuis la fin de la matinée. La plupart, de journalistes impatients d'être les premiers à recueillir ses réactions. Le reste, de parlementaires alertés par ce qui se murmure dans certains médias et déjà pressés d'être rassurés.

Un message retient particulièrement son attention : celui, comme toujours lapidaire, de Sybille Royer pour lui annoncer, fait exceptionnel, qu'elle viendra l'attendre gare de l'Est à sa descente du train… Il réagit par un simple « OK » et décide de ne répondre à personne d'autre. Il conseille à Jussieu, lui aussi harcelé d'appels, d'en faire autant et de consacrer le temps du trajet à lire ou admirer le paysage.

— Il faut veiller en politique à économiser ses forces, lui conseille-t-il à voix basse, en affectant le plus grand détachement. Une sage précaution, croyez-moi. On parle toujours trop… surtout pour ne rien dire.

Ludovic Jussieu s'étonnera plus tard qu'il ne l'ait prévenu de rien à ce moment-là, alors qu'ils avaient l'occasion de préparer les premiers « éléments de langage ». Roussel ne l'a pas davantage informé du deuxième texto que lui a adressé Sybille Royer avant leur arrivée à Paris. Sa collaboratrice lui signale à présent qu'elle ne sera plus la seule à l'attendre : le « comité d'accueil » allait être « plus large que prévu ». Si bien qu'en sortant du wagon, Jussieu, les pieds à peine posés sur le quai, s'étonnera de voir son patron aussitôt entouré de reporters, micros et caméras braqués dans sa direction sans que lui-même en paraisse surpris.

— Bonjour Messieurs, que puis-je pour vous ? leur lance Roussel d'un ton goguenard. Soyez rassurés, si c'est cela qui vous préoccupe, ma visite à Strasbourg s'est très bien passée.

Tandis que ses gardes du corps s'efforcent d'écarter les journalistes pour lui frayer un chemin, le candidat se dirige peu à peu vers la sortie de la gare d'un pas paisible, sourire aux lèvres, avant de s'engouffrer dans sa berline noire aux vitres fumées.

Assis à l'arrière du véhicule avec Sybille Royer, Jussieu installé à l'avant près du chauffeur, Roussel prend aussitôt connaissance de l'article que sa conseillère lui remet, glissé dans une enveloppe. Elle est parvenue à se le procurer avant parution, mais « ce n'est déjà plus un scoop », lui précise-t-elle. Annoncée et commentée sur toutes les chaînes de radio et de télévision, l'enquête provoquerait un déluge de réactions sur les réseaux sociaux. La plupart hostiles envers lui, naturellement, et scandalisées.

Roussel n'apprend rien de plus en parcourant le texte qu'il ne sache déjà. Si ce n'est qu'il y est le premier désigné parmi les relations ou « clients » présumés de l'escort-boy marocain. Son auteur, Sylvain Maher, après avoir évoqué les faits, reproduit in extenso la lettre attribuée à la victime. Le nom de Guillaume Roussel figure en tête des « personnalités » que Fouad Layannah dit avoir « fréquentées » et auxquelles il recommande de « s'adresser » en cas de malheur – laissant entendre, à demi-mot, qu'elles pourraient être sinon les commanditaires, du moins les complices de son assassinat. Il cite, outre l'ex-Premier ministre français, certains dirigeants marocains proches de la Cour, et une dizaine de célébrités du monde du cinéma et de la mode, homosexuels notoires qui n'ont rien à craindre de ce genre de révélations. Guillaume Roussel est bien le seul dont la réputation puisse réellement en pâtir. D'autant qu'il est aussi le seul dont le site tienne à démontrer, photo à l'appui, qu'il était un des familiers du jeune homme.

— C'est écœurant, grince-t-il, les dents serrées, saisi d'une répulsion mêlée d'effroi en pensant aux répercussions dévastatrices d'un tel document sur son image et la suite de sa carrière.

Il avait fini tant bien que mal par se préparer au pire, du moins à l'idée de devoir y faire face à bref délai. Mais le choc est plus violent qu'il ne l'imaginait. Jussieu, tremblant d'indignation, a beau le conjurer de ne pas se laisser faire, et Sybille Royer lui conseiller, avec son flegme impérial, de porter plainte le jour même pour couper court à cette « infamie », Roussel, sous l'effet d'une pareille déflagration, est incapable de masquer son abattement :

— Ils veulent ma peau, ils sont prêts à tout pour ça. Ils ne reculeront devant rien, répète-t-il à voix basse.

Tandis que sa voiture, après avoir quitté précipitamment la gare de l'Est, file à toute vitesse vers sa permanence du quinzième arrondissement, Roussel ordonne à son chauffeur de changer d'itinéraire pour semer les journalistes lancés à ses trousses. Puis il se ravise, en cours de route, sur le choix de sa destination. Se rendre à son QG de campagne, c'est se jeter « dans la gueule du loup », un lieu où il n'a aucune chance de leur échapper. Mais s'ils ne le trouvent pas rue de la Convention, ils feront le siège de son domicile. Où qu'il aille, les médias le traqueront sans merci… Dans ces conditions à quoi bon les fuir et chercher à se cacher, se dit-il l'instant d'après.

Il n'est pas question pour lui de s'effacer ni de suspendre sa campagne le temps de laisser retomber la pression. Ce serait aussi vain qu'illusoire, puisqu'il les sait déterminés à ne pas le lâcher. Mieux vaut – « la Souveraine » a raison – faire front et répliquer sans tarder. D'abord en saisissant la justice avant de s'adresser aux Français directement lors d'un journal télévisé. Puis en organisant dans la foulée un meeting de soutien pour lequel il mobilisera tous les principaux ténors de la droite et ses figures les plus respectées. Par-delà les appuis politiques, ce sont des cautions morales qui lui seront le plus utiles. Et quelle meilleure réplique à ses accusateurs qu'une prise de parole ou la simple présence à ses côtés, affichée au grand jour, de son épouse Héloïse ? La personne qui incarne mieux qu'il ne saurait le faire les valeurs de la droite. « L'icône de la bourgeoisie conservatrice et des milieux catholiques », comme l'a surnommée un hebdomadaire de gauche.

Sa femme et lui ont échangé par téléphone au cours des derniers jours, sur des questions non de politique – bien qu'elle suive de près sa campagne présidentielle –, mais de famille. Le divorce qui se passe mal de leur fils aîné Julien, alors qu'ils espéraient une séparation à l'amiable, et le mariage prochain d'Hélène, leur seconde fille, avec l'héritier d'une dynastie des vignobles bordelais. Événement plus valorisant pour eux dans cette période où leur histoire personnelle sera scrutée de si près.

Roussel n'a encore rien dit à son épouse de la menace qui pesait sur lui, même si elle a dû le sentir perturbé. Quels qu'en soient les motifs, Héloïse l'aurait sans nul doute encouragé à se battre et serait aussitôt venue à sa rescousse. Il n'a d'ailleurs que trop tardé à l'appeler depuis que l'affaire a éclaté. Ce qui le surprend, c'est que, de son côté, elle ne se soit pas manifestée. Un silence inhabituel, bien qu'il puisse en comprendre la raison. C'est la vérité de leur couple qui est pour la première fois mise en cause publiquement. Comment Héloïse ne se sentirait-elle pas humiliée ? Son éducation veut heureusement qu'un couple doive rester soudé dans les épreuves. Envers et contre tout. Au nom d'un engagement indéfectible.

Son devoir est de lui parler au plus vite. Mais après avoir pris le temps de réfléchir à ce qu'il s'apprête à lui dire. Doit-il tenir à Héloïse le même discours qu'aux autres ? Se contenter vis-à-vis d'elle d'une réfutation indignée de tout ce dont on l'accuse à demi-mot ? Lui certifier que ces « soupçons ignobles » n'ont pas d'autre but que de l'écarter de la course à l'Élysée ? Des arguments souvent efficaces en pareil cas. Roussel voudrait faire mieux à l'égard de sa femme. En allant jusqu'à démentir les mauvaises fréquentations qu'on lui prête ? Ce serait se risquer sur un terrain où il a toujours estimé préférable de ne jamais s'aventurer. Il n'aurait le choix qu'entre des aveux inutiles et un mensonge superflu. C'est un sujet à part qui, pour lui, n'a rien à voir avec son mariage ni même avec Héloïse en tant que telle. Un sujet qui le concerne seul.

Sitôt arrivé à sa permanence, où son chauffeur a réussi à le faire entrer en évitant l'accès principal, il est accaparé par ses collaborateurs. Tous fébriles et désemparés, aux côtés de quelques élus de son groupe, au Sénat et à l'Assemblée, accourus sur place après avoir tenté en vain de le joindre sur son portable. Chacun en quête d'un mot d'ordre ou d'une parole qui les rassure. Sa secrétaire lui transmet les multiples appels dont elle est assaillie depuis le début de l'après-midi. Ne sachant quoi répondre, elle a décidé de ne plus décrocher en attendant son retour. Parmi les messages les plus pressants, ceux des agences de presse et des commentateurs politiques qui sollicitent une interview ou cherchent à obtenir une réaction.

— Dites-leur que tout cela est faux naturellement et que je m'exprimerai en temps voulu, lui ordonne-t-il avant d'aller s'enfermer dans son bureau en exigeant de ne pas être dérangé.

C'est avec Héloïse qu'il doit s'entretenir à présent. Il ne réussit pas tout de suite à la joindre, réitère ses tentatives en se heurtant toujours à son répondeur, avant de composer le numéro de son téléphone fixe sur lequel elle décroche dès la première sonnerie.

— Une chance que vous me trouviez, je passais par là… lui dit-elle avec un rire distrait, comme si elle n'avait pas jugé bon, en dépit des événements, de suspendre ses propres occupations.

— Vous êtes déjà au courant, j'imagine… se hasarde-t-il.

— Oui, ne vous inquiétez pas, la nouvelle a fini par arriver jusqu'à moi, lui répond Héloïse sur ce ton de détachement amusé qui, en temps normal, a vite fait de l'exaspérer.

Il s'apprête à raconter l'affaire, après s'être désigné comme « la victime d'un coup monté », quand Héloïse l'interrompt aussitôt :

— Ne vous donnez pas cette peine, lui dit-elle d'une voix qui se veut apaisante. Je vous connais. Tout ira bien.

Elle ne lui laisse pas le temps de poursuivre. Héloïse répugne par principe à ce qu'on exprime trop ouvertement ce qui gagne le plus souvent à ne pas être formulé. La sauvegarde d'un couple passe, pour elle, par le maintien d'une zone de silences et de non-dits qui n'a pas besoin d'être définie pour être comprise. Une règle de base et le fruit, pour partie, de ses convictions religieuses. Roussel y a trouvé son intérêt, même s'il lui arrive de regretter parfois qu'il n'y ait pas eu entre eux plus de franchise. En coupant court à toute explication, c'est autant de questions irrésolues qu'Héloïse laisse à nouveau en suspens.

Roussel marque un temps de silence, décontenancé, bien qu'il en ait l'habitude, par la rapidité avec laquelle sa femme a éludé en trois phrases un problème qui, dans son esprit à elle, n'en mérite sans doute pas davantage. Trois phrases si expéditives qu'il se demande s'il doit encore y voir une preuve de confiance ou l'aveu d'une sorte de résignation. Est-ce une façon affectueuse de lui dire qu'après tant d'années de vie conjugale elle n'en est pas à douter de l'homme qu'il est ? Ou de lui signifier, désabusée, qu'elle n'a plus rien à apprendre le concernant ?

Il se dit qu'il ne servirait pas à grand-chose de l'interroger. Pour Héloïse, toute question trop intime est par essence incongrue et une raison suffisante de se dérober. Il se souvient de son air étonné et presque ahuri, la seule fois depuis leur mariage où il lui avait demandé si elle l'aimait toujours. Elle s'était détournée, changeant aussitôt de sujet, comme pour lui faire comprendre que la réponse ne s'imposait pas. Il ne juge pas opportun de s'y risquer à nouveau.

— Je vous rejoins dès que vous l'estimerez utile, ajoute Héloïse, manifestement pressée de retourner à ses occupations.

— Je vous remercie, votre soutien me sera précieux, comme toujours. Mais je préfère que nous nous retrouvions en famille, à Lucé, d'ici quelques jours. J'aurai besoin de me reposer et de réfléchir à tout ça. Je dois auparavant revoir mon équipe et consulter mes avocats pour décider de la marche à suivre. Je vous embrasse…

— Moi aussi, lui répond Héloïse sans un mot de plus, prompte à raccrocher.

À aucun instant elle n'a trahi le fond de sa pensée ou laissé transparaître ce qu'elle ressentait. Ni amertume ni colère, comme si elle avait résolu de ne plus rien éprouver, parvenue au-delà de ce qui pourrait encore l'affecter. Une attitude qui suffit, comme chaque fois que Roussel se reconnaît en faute vis-à-vis d'elle, à le culpabiliser, à raviver ses remords, à le plonger dans un malaise dont il met de longues minutes à s'extirper. Jusqu'au moment où il finit par se dire qu'il n'a, en réalité, aucune raison d'avoir mauvaise conscience, ayant offert à son épouse tout ce qu'elle n'aurait pas obtenu d'une relation conjugale ordinaire : les avantages du pouvoir, le prestige d'une célébrité partagée, la considération due à une femme de son rang.

Héloïse n'a jamais eu, de surcroît, à souffrir de ses infidélités puisqu'il a toujours pris soin de lui dissimuler, à elle comme aux autres, une double vie dont la nature n'est pas celle qu'elle aurait pu redouter. L'aurait-elle soupçonnée qu'elle en eût été blessée sans exprimer le moindre grief. La preuve en est que, même confrontée à une vérité dont la cruauté risquait de se préciser, elle ne lui a adressé aucun reproche ni posé aucune question. Comme résolue par avance à prendre son parti en se faisant un devoir de le croire sur parole. Au moins par souci des convenances et solidarité de principe.

Roussel préside peu après une réunion de crise dans la petite pièce attenante à son bureau. Autour de lui, une équipe restreinte : Pierre Servier, de retour bien que démis de ses fonctions, et son nouvel homme de confiance, Ludovic Jussieu, sa chargée de communication Sybille Royer, ses deux plumes attitrées, Agnès Fourcade et Vladimir Rostan, et son mandataire financier, Fabrice Le Sueur.

Il commence par saluer « le courage admirable » de son épouse. Laquelle, tient-il à préciser, aurait pu s'offusquer de ces « pseudo-révélations », mais lui a simplement témoigné sa confiance et son soutien. Il explique, avec une pointe d'émotion dans la voix, les yeux embués derrière ses lunettes, que Héloïse sera son « atout majeur » pour la suite. Atout qu'il demande à son état-major d'exploiter le plus possible en mettant au point une stratégie en ce sens, politique et médiatique.

— L'opinion doit être rassurée quant à l'harmonie et à la stabilité du futur couple présidentiel, poursuit Roussel d'un ton plus solennel. Il suffit que mon épouse se montre à mes côtés et qu'on voie la femme digne et irréprochable qu'elle est pour qu'il ne subsiste aucun doute à ce sujet. Alors qu'on essaie de me faire passer pour un dépravé, doublé probablement d'un criminel, elle me servira, en quelque sorte, de témoin de moralité, s'efforce-t-il de plaisanter.

— Votre épouse peut être d'une aide précieuse, en effet, approuve Servier, le premier à intervenir comme pour prendre ses marques. Mais vous serez bien obligé de répondre sur le fond de l'affaire.

— Précisez votre pensée, Servier, l'interrompt sèchement Roussel. Sur quoi, selon vous, suis-je censé m'expliquer ? Ce que vous appelez « le fond de l'affaire » n'existe pas. Tout est faux, fabriqué à partir d'une photo sortie on ne sait d'où, d'une lettre rédigée par on ne sait qui, son supposé auteur n'étant plus là pour confirmer quoi que ce soit… Il ne vous aura pas échappé, Servier, que cette enquête bidon surgit, par le plus grand des hasards, en pleine campagne électorale. Je ne me laisserai pas entraîner sur ce terrain…

— La pire des choses, vous avez raison, serait d'entrer dans leur jeu. Mais vous n'échapperez pas aux questions des journalistes, insiste Servier. Si cette affaire prend de l'ampleur, nos électeurs seront en droit d'attendre des éclaircissements. Autant prendre les devants, c'est mon devoir de vous le dire…

— Que suggérez-vous ? Que j'aille me livrer, pieds et poings liés, en me faisant passer pour le coupable que je ne suis pas ?

— Même si vous n'êtes naturellement pour rien dans cette affaire criminelle, il est possible que la police exige désormais de vous entendre, continue Servier sans lâcher prise. Nous devons nous préparer à tout, y compris à une éventuelle audition. En sachant que celle-ci ne passerait pas inaperçue…

— Vous avez l'air bien renseigné ! s'exclame Roussel, la moue sarcastique. Mieux que moi, en tout cas, de ce qui se trame. N'hésitez pas à nous en dire plus, le cas échéant.

Les visages autour d'eux se sont figés. Les autres participants assistent, stupéfaits, à cet affrontement, en évitant de s'en mêler. Ludovic Jussieu, devenu l'ennemi juré de Pierre Servier, affiche envers lui un air réprobateur. Sybille Royer reste fidèle, quant à elle, à sa ligne de conduite dans les situations d'extrême tension. Elle se tient sur une réserve attentive, comme soucieuse d'attendre le dénouement avant de se prononcer. Quand son tour vient de prendre la parole, elle finit par donner raison à Servier sur le fond, tout en approuvant Roussel sur la façon de procéder :

— L'erreur serait de paraître se défausser en contournant le sujet, résume-t-elle en s'adressant au candidat, les mains croisées sur la table, le buste droit. Mais pas question pour autant de s'offrir en pâture à ces cannibales. Vous n'avez rien à leur répondre, votre avocat s'en chargera. C'est aux Français que vous devez vous adresser, monsieur le Premier ministre. Ce sont vos seuls interlocuteurs. Chacun son registre.

— En somme, vous êtes tous les deux d'accord sur la nécessité de réfuter publiquement les penchants que l'on me prête, s'agace Roussel. Vous m'imaginez en train de déclarer devant des millions de gens que je n'ai jamais eu recours à la prostitution masculine ni frayé avec des escort-boys – ce mot déjà insupportable à prononcer… De quoi aurais-je l'air ? Je serais la risée de la France entière, et mes adversaires auraient beau jeu de rappeler qu'il n'y a pas de fumée sans feu… Vous voyez la suite !

— Je comprends vos réticences, concède Sybille Royer. Il n'empêche que nos compatriotes risquent d'être troublés par une photo qui tend à prouver…

— À prouver quoi ? l'interrompt vivement Roussel. Que je ne suis pas l'homme qu'on croit ?

— Ce n'est évidemment pas ce que j'ai voulu dire, ni ce que je pense, monsieur le Premier ministre.

— Les Français me connaissent. Mieux que vous, semble-t-il. Ils savent qui je suis, les idéaux, les valeurs que j'ai toujours défendus. Ils n'auront pas de mal à comprendre qu'à travers ma personne, ce sont ces valeurs, ces principes qui sont attaqués et qu'on essaie de détruire. Voilà ce que j'ai l'intention de leur dire. Et rien d'autre…

Le débat est tranché, à la satisfaction de Ludovic Jussieu, seul à soutenir sans réserve la ligne fixée par le candidat. Les autres, qui ont exprimé une opinion plus nuancée ou veillé à se taire, n'ont plus d'autre choix que de s'y rallier. Tous désormais ont pour mission de préparer l'interview télévisée que Roussel souhaite voir organisée au plus vite.

— Le plus tôt sera le mieux… Après quoi, on pourra en revenir aux vrais sujets de la campagne, les seuls qui intéressent les Français !

Roussel conclut la réunion en annonçant qu'il a décidé de porter plainte pour diffamation dans les plus brefs délais. Il compte le faire savoir par un communiqué à l'AFP dans les toutes prochaines heures. Une fois qu'il aura consulté « l'avocat le plus craint et respecté du barreau de Paris », indique-t-il sans préciser son nom. Il tient à le garder secret, bien que ce juriste réputé soit assez facile à identifier. Mais c'est une vieille habitude chez Guillaume Roussel, sinon une manie, de se réserver en toute chose une part de mystère qui ne serait que la moitié de la vérité.

6

Entrevues nocturnes

La nuit est déjà tombée sur la capitale quand la voiture de l'ancien Premier ministre franchit discrètement la porte cochère d'un hôtel particulier du boulevard Saint-Germain. Une fois dans la cour, Guillaume Roussel descend du véhicule et se dirige vers l'escalier central après avoir demandé à son chauffeur de ne pas l'attendre. Il rentrerait par ses propres moyens, formule devenue rituelle chaque fois qu'il se rend au même endroit, toujours en fin de soirée. L'heure la plus propice pour que sa visite passe inaperçue.

L'appartement de Maître Lessner est le seul encore éclairé derrière les hautes fenêtres aux rideaux tirés. Il occupe la totalité du troisième étage, le reste de l'immeuble abrite ses bureaux d'avocat. Guillaume Roussel fait partie depuis peu des quelques initiés ayant accès à la demeure privée de ce célibataire jaloux de son intimité. Un cercle très restreint où se côtoient les rares familiers du maître des lieux – des inconnus le plus souvent, tous du même sexe et sans lien direct avec sa profession.

Par souci de discrétion et goût du secret, Roussel évite de s'afficher parmi les proches de Maître Lessner. D'un commun accord, les deux hommes préfèrent se retrouver en tête à tête, pour des entrevues nocturnes plus assurées de rester confidentielles. On ne les a vus converser en public qu'à une occasion : le soir, chez Lipp, où ils ont échangé pour la première fois, après s'être longuement observés à distance.

Maître Lessner, qui ne prend aucun de ses repas chez lui, a l'habitude de dîner tard dans cet établissement proche de son domicile, fréquenté par les célébrités du barreau et de la politique. On le trouve, aux alentours de minuit, attablé près de l'entrée, un siège vide devant lui. Le visage pâle aux traits disgracieux, lourd de fatigue, les lunettes glissées vers le bas du nez, plongé dans la lecture d'un quotidien tout en dégustant par petites bouchées une choucroute ou un quart de poulet, ses deux plats coutumiers. C'est ici qu'il vient se réfugier après ses dernières consultations ou à la sortie d'un spectacle. Toujours seul et comme retranché du monde, lui qui fuit la compagnie de ses pairs, hormis celle, en journée, des jeunes associés de son cabinet. Des collaborateurs de trente ans au professionnalisme éprouvé et d'une plastique en tous points conforme à sa réputation d'esthète.

Roussel s'est efforcé à plusieurs reprises d'établir un contact avec cet avocat prestigieux qui ne lui manifestait, en retour, qu'une sorte d'indifférence polie. Bien que les hommes politiques les plus en vue figurent parmi ses clients attitrés, c'est à peine si Lessner paraissait remarquer sa présence. Comme si l'heure ne s'y prêtait pas et qu'il fût avant tout désireux de préserver sa tranquillité. D'autant que Roussel, encore Premier ministre, débarquait dans le restaurant en fin de soirée, flanqué d'une dizaine de ses acolytes qui riaient et parlaient fort. Les deux hommes se saluaient de loin, tout au plus. Et ils en seraient probablement restés là si Roussel, le lendemain de sa démission, n'était venu dîner ici sans être entouré de sa cour habituelle. Accompagné seulement de deux gardes du corps qui s'étaient installés à une table éloignée de la sienne, et pour la première fois démuni de tout ce qui lui servait de paravent. Ces attributs de pouvoir qui le rendaient inabordable en lui donnant aux yeux de Lessner l'aspect d'un être impersonnel et comme désincarné.

Marque de sympathie ou réflexe de solidarité envers un voisin de table à son tour esseulé, c'est l'avocat qui, ce soir-là, lance la conversation. Lessner l'entraîne d'entrée de jeu sur un terrain que Roussel ne s'attendait pas à aborder aussi vite. À son instigation, passé les civilités d'usage, eux qui n'ont pas besoin de se présenter pour se connaître, ils se mettent à évoquer les faux-semblants de leur vie personnelle, soumise aux jeux du pouvoir et aux contraintes de leur statut d'homme public. Lessner, qui paraît en mal de confidences, souligne en particulier la difficulté de « rester soi-même » dans un univers où l'on est « tenu de simuler un personnage qui ne nous ressemble pas toujours ».

— Qui sait vraiment ce que nous sommes ? s'interroge l'avocat de sa voix cuivrée de fumeur de havanes.

Ce que l'on connaît de nous, chacun dans son genre, se résume à peu de choses. Notre aspect le plus sommaire et le plus approximatif. Tout le reste, qui tient à notre vie profonde et n'intéresse que nous, est condamné, par la force des choses, à demeurer inavouable. C'est pourtant la seule vérité qui compte…

Roussel l'approuve sans en rajouter. Il se demande où son interlocuteur veut en venir et ce qui pousse un personnage rarement aussi loquace sur lui-même à se livrer de cette façon, alors qu'il ne fait pas encore partie de ses amis. Est-ce pour l'inciter à se confier à son tour, nouer entre eux un semblant de connivence ? Maître Lessner s'en tient certes à une simple généralité, procédant par allusions sans rien évoquer de précis. Mais ces quelques réflexions suffisent à révéler l'insondable mélancolie d'un homme confiné dans les secrets de son existence. Un mal-être que laissent déjà entrevoir son air las et désabusé, sa physionomie sans âge et sa démarche traînante de notable du prétoire à la silhouette empesée.

On le sait pourtant bon vivant, amateur de grands vins, de liqueurs fortes et de gastronomie étoilée, comme de « Churchill » et de « Cohiba » qu'il fume dès le matin et jusqu'au soir sans discontinuer. Mais les goûts de ce collectionneur d'art ne se limitent pas à ceux qu'on lui connaît. Il y a aussi cette autre passion dont il fait davantage mystère dans sa vie publique sans chercher à la dissimuler en privé : la compagnie des garçons, son plaisir et son tourment.

Parvenu dans sa carrière au sommet de la puissance et de la célébrité après avoir plaidé les causes les plus retentissantes, qui ont aussi assuré sa fortune, on pourrait croire Maître Lessner comblé si l'on ne sentait sous sa carapace de ténor du barreau un manque, une fêlure, qui tient au désert de sa vie sentimentale. Le vide d'une histoire personnelle solitaire et sans amour notoire. Hormis sa passion, il y a quelques années, pour un jeune comédien dont il s'était entiché, mort d'une overdose à son domicile dans des conditions jugées suspectes qui avaient valu à son protecteur d'être convoqué par les services de police.

L'affaire ne s'était pas ébruitée, mais le ministre de l'Intérieur de l'époque en avait été aussitôt informé par une « Note blanche » émanant de la brigade des stupéfiants. C'est ainsi que Guillaume Roussel fut l'un des premiers à connaître la face clandestine de cet avocat de renom dont toute la vie paraissait se réduire à l'exercice de sa profession.

Roussel a gardé un double de la « Note » qui le concernait. Sans intention particulière de l'exploiter contre lui, mais en se disant, comme chaque fois qu'il a décidé de conserver ce type de document, qu'il pourrait toujours s'en servir s'il se trouvait lui-même en difficulté. Ces pièces à conviction étaient autant de moyens de se défendre ou de se protéger, le cas échéant. Plus Roussel en savait sur les autres et plus il se pensait sinon en sécurité, du moins en confiance. D'où ce sentiment, éprouvé dès les premiers mots échangés avec Lessner, d'une complicité tacite, d'une entente en quelque sorte logique et inévitable.

En écoutant l'avocat s'épancher à mots couverts sur tout ce qu'il y a de faussé dans son image officielle, Roussel songe par la force des choses à sa propre histoire. Troublé et presque soulagé à l'idée que Lessner puisse l'avoir percée à jour lui aussi. L'avocat n'a pas besoin de preuves, son intuition suffit à le renseigner. Lessner s'adresse d'ailleurs à lui comme si leurs sorts étaient liés. Ce qu'ils ont en commun paraît assez évident pour se passer d'explication.

Ce soir-là, comme chaque fois qu'ils se sont revus par la suite, les deux hommes se sont contentés d'effleurer le sujet qui les rapproche. Jeu subtil qui, pour parler d'eux-mêmes, les entraîne à se raconter les aventures des autres, celles de personnalités du monde politique et judiciaire contraintes, elles aussi, de dissimuler leur vraie vie. Ils s'amusent à recouper les informations qu'ils détiennent sur certains magistrats ou ministres en vue, « officiellement mariés, mais discrètement pourvus d'un boy-friend » – « situation embarrassante » que Roussel se plaît à souligner en connaissance de cause, même s'il laisse entendre qu'il n'aurait, de son côté, que des « écarts momentanés ».

Lessner, sans s'être jamais cru obligé d'afficher de présumées liaisons féminines pour égarer les soupçons, s'interdit d'exposer au-dehors ses véritables penchants. C'est dans l'intimité de son appartement qu'on peut les découvrir, à l'intérieur de ce sanctuaire privé dédié aux quelques garçons, souvent de passage, qui ont traversé son existence. Des photographies d'éphèbes saisies à l'occasion d'une rencontre voisinent sur les murs avec sa collection de toiles de maîtres exaltant avec un même éclat la beauté masculine.

Roussel ne les quitte pas des yeux lors de ses visites nocturnes, subjugué en particulier par les images où son hôte pose en compagnie de l'un de ses favoris. Un jeune homme blond, aux grands yeux clairs et au sourire magnifique, assis près de lui à la terrasse d'un restaurant de Marrakech ou sur un bateau de croisière en Méditerranée, marchant à ses côtés dans une rue de New York ou de Buenos Aires. Il n'a pas eu besoin d'interroger Lessner pour identifier aussitôt le comédien de vingt-cinq ans dont ses services lui avaient signalé la fin tragique au domicile d'un avocat renommé. Lequel, sans revenir sur ce drame, s'est contenté de lui faire remarquer, la première fois qu'il est venu à son domicile :

— J'imagine que son visage vous dit quelque chose…

— Il serait difficile de l'oublier, en effet, lui a répondu Roussel, comme si ce malheur l'avait personnellement affecté.

C'est cette brève réponse qui a achevé de sceller leur amitié.

Quand l'ex-Premier ministre s'est trouvé à son tour sur la sellette, Édouard Lessner fut l'un des premiers à lui rapporter les ragots qui circulaient sur lui dans les dîners parisiens. Roussel l'avait alors consulté sur la meilleure façon de désamorcer cette rumeur et Lessner lui avait conseillé de ne pas trop trader à réagir.

Maître Lessner excelle dans le traitement des dossiers politiques dits sensibles, une de ses spécialités avec les scandales financiers dans lesquels se trouvent impliqués de hauts dirigeants d'entreprise. Personne aux yeux de Roussel n'est mieux qualifié pour le défendre.

C'est à leur heure habituelle qu'ils sont convenus de se voir. Comme à chaque rendez-vous, Lessner commence par lui offrir un cigare et un de ses vieux armagnacs, avant d'aller s'installer dans le salon-bibliothèque qui lui sert aussi de bureau. Un dossier portant déjà le nom de Guillaume Roussel est posé sur une table basse, entre les deux fauteuils club en cuir noir où les hommes prennent place l'un à côté de l'autre. Volumineux, ce dossier contient toute une liasse des multiples articles publiés en ligne depuis la parution de l'enquête.

Tout en lui confirmant que l'impact de ces révélations est « considérable », en France et à l'étranger, Maître Lessner se veut rassurant envers son client :

— Hormis les réactions attendues des internautes, résume-t-il, c'est la prudence ou l'embarras qui dominent dans la plupart des commentaires. Ceux des milieux politiques sont assez mesurés. À gauche, on se contente pour l'instant d'ironiser sur le thème « il n'y a pas de fumée sans feu ». À droite, on se déclare indigné par ces calomnies et les messages de soutien se multiplient, ce qui est la moindre des choses. Aucune réaction, en revanche, du côté de l'Élysée…

— Rien d'étonnant à cela, commente Roussel en haussant les épaules. À cette heure, les gens du palais doivent se demander comment cacher leur joie…

— En fait, tout le monde se demande ce que vous allez dire, enchaîne Lessner. On s'étonne que vous ne l'ayez pas encore fait. Si vous persistez à vous taire, votre silence va devenir suspect.

— J'attendais de vous voir avant de m'exprimer… Vous êtes une des rares personnes aujourd'hui avec qui je me sente en pleine confiance. Nous nous connaissons depuis peu. Mais vous en savez déjà sur moi bien plus que ceux qui pensent me connaître. Que me suggérez-vous de faire ?

Roussel semble si abattu qu'on le croirait presque coupable et sur le point de passer aux aveux. La tête en arrière, il ferme les yeux, comme vidé de ses forces. Édouard Lessner, qui a maintes fois éprouvé la fragilité des hommes de pouvoir dans des situations de remise en cause personnelle aussi brutales, s'adresse à lui de façon plus catégorique pour l'inciter à se ressaisir :

— C'est d'abord à vous de m'aider à vous défendre, pas l'inverse. Votre détermination doit être totale. Sans quoi tout ce que je pourrais faire pour vous restera sans effet. Vos ennemis auront beau jeu de dire, si vous paraissez hésitant, que vous n'avez pas la conscience tranquille.

Roussel s'insurge à cette idée :

— Je n'ai rien à me reprocher, strictement rien ! proteste-t-il. Ils le savent aussi bien que moi, mais ils ont trouvé le bon moyen de me salir en me faisant passer pour un pervers, un dévoyé et, tant qu'ils y sont, un criminel. C'est beaucoup, avouez-le, et assez pour détruire une réputation.

— Votre réputation est suffisamment solide pour résister à tout cela, lui répond l'avocat sur un ton de nouveau apaisant. Et vous bénéficiez de l'estime et du soutien de millions d'électeurs qui ont apprécié votre action à la tête du gouvernement. Ils ne se laisseront pas manipuler par une équipe de pseudo-investigateurs à l'image peu reluisante. Les Français ont confiance en vous et ne doutent pas de votre moralité. Mais ils sont en droit d'attendre une réplique ferme à la hauteur des défis bien plus importants que vous aurez à relever dans vos futures fonctions.

— Ils finiront par se poser des questions, inévitablement. On sort rarement indemne de ce genre d'affaire. Ne nous leurrons pas, maître. Vous et moi savons bien que ce n'est pas par hasard que je suis attaqué sur ma vie privée. On cherche à m'entraîner sur un terrain où, pour me défendre, je serai contraint de me justifier et par conséquent de mentir. Bien joué, constate Roussel amèrement.

— Vous n'avez à vous justifier de rien, c'est précisément l'erreur à ne pas commettre. Il faut s'en tenir aux faits présumés qui vous sont reprochés. Il nous sera facile de démontrer que leur enquête n'est fondée que sur des déductions scandaleuses : une simple photo censée prouver que vous connaissiez intimement la victime, une lettre vous citant parmi d'autres « personnalités » censées connaître les raisons de sa mort et suggérant par là même que vous auriez joué un rôle dans son assassinat. On est là dans un cas de diffamation pour le moins flagrant. Voilà pourquoi le plus urgent est de porter plainte. Vous prendrez la parole aussitôt après, lors d'un entretien télévisé accordé à un journaliste ami, pour dénoncer une machination politique, en expliquant que vous vous en remettez, pour le reste, au travail de la justice. Sans oublier naturellement de rappeler tout le respect que vous lui portez.

— Un journaliste « ami », dites-vous… Les plus serviles en temps ordinaire sont rarement les plus courageux quand les choses se gâtent. Ce sont souvent les premiers à crier avec la meute… À qui pensez-vous ?

— Rostant… L'un des seuls à peu près fiables. Parce qu'il est par principe l'« ami » du pouvoir et que vous êtes intervenu personnellement, dit-on, pour qu'il soit maintenu à l'antenne malgré son âge avancé.

— Rostant me doit beaucoup, en effet, et il n'a pas encore intérêt à se fâcher avec moi, confirme Roussel maintenant plus détendu, en allumant son cigare. Profitons-en. D'autant qu'il m'a laissé des dizaines de messages en insistant pour me recevoir en exclusivité et qu'il est prêt à tout pour démontrer qu'il reste irremplaçable. Mais il faut néanmoins lui poser nos conditions et qu'il s'engage à respecter le schéma convenu sans déborder sur des questions annexes. Dois-je, selon vous, demander à « la Souveraine » de s'en charger ou m'en occuper directement ?

— Appelez-le vous-même. Rostant sera flatté que vous traitiez avec lui d'homme à homme et sans intermédiaire. D'ailleurs, comme nous n'avons pas de temps à perdre, je vous suggère de régler ça immédiatement.

Roussel consulte sa montre :

— Il est tard, je risque de le réveiller.

— Allez-y sans crainte. S'il dort, ce n'est jamais que d'un œil et avec son portable sous l'oreiller, prêt à bondir dès qu'on le sonne, se gausse Lessner. Ou plutôt non, laissez-moi faire, se ravise-t-il. Je lui téléphonerai demain matin à la première heure. C'est à moi de lui expliquer clairement les choses dans un premier temps. Je sais comment procéder avec Rostant. Ce sera à lui de vous appeler par la suite pour vous confirmer qu'il a bien compris le message. De cette façon, vous ne lui aurez rien demandé et sa conscience professionnelle, ou ce qui en tient lieu, sera sauve.

— Merci de votre proposition. Elle m'arrange, pour tout vous dire. Je n'aime pas beaucoup parler aux journalistes. Je les apprécie peu, en général, et ne les vois pratiquement jamais, hormis en cas d'extrême nécessité. Je préfère les tenir à distance.

Comme à chacune de leurs rencontres, c'est Édouard Lessner qui, pour le plaisir de prolonger la conversation, le raccompagne en voiture jusqu'à son domicile. Au cours du trajet, Roussel finit par lui poser la question qui le taraudait depuis le début de leur entretien. Pourquoi l'a-t-il cru sur parole sans paraître douter de son innocence ?

— Parce que j'ai rencontré à plusieurs reprises le jeune homme en question, lui avoue Lessner posément, et qu'il ne m'a jamais parlé de vous, alors qu'il était moins discret quand je l'interrogeais sur d'autres clients aussi célèbres. Vous comprendrez que, pour des raisons de discrétion évidentes, je ne puisse me servir de cet argument à la barre. D'autant que mon nom ne figure pas, Dieu merci, parmi ceux cités dans la lettre qu'il est supposé avoir écrite… J'ajoute que si Fouad Layannah s'était senti réellement menacé de mort, il m'en aurait probablement informé. C'est pourquoi j'ai tout de suite pensé que vous n'étiez pour rien dans sa disparition. Je n'ai aucun doute à ce sujet. Ni sur ce qui permet à certains d'établir un lien avec vous et l'intérêt qu'ils ont à le faire. Pour sordide qu'elle soit, leur manœuvre peut se révéler efficace.

— Ainsi, vous avez connu ce garçon, songe Roussel à voix haute, comme s'il n'avait retenu que la première partie de la réponse. Quelle incroyable coïncidence !

7

Jeu de rôles

De l'avis général : une prestation « très réussie ». Le scandale annoncé aurait déjà fait long feu, selon les commentateurs les plus empressés à saluer la « performance ». Tandis que les moins favorables se bornent à reconnaître le sang-froid de l'ancien Premier ministre, sans en conclure que son affaire soit réglée pour autant.

Tous constatent, pour s'en réjouir ou le déplorer, que le candidat n'a pas été particulièrement desservi par son intervieweur, Jean-Jacques Rostant, qu'on a connu plus incisif. Le présentateur vedette du journal télévisé, qui officie depuis près de vingt ans sur la chaîne publique, se montre rarement conciliant quand d'autres invités se trouvent en pareille difficulté. C'est même lui, quand leur sort paraît scellé, qui se charge en général de donner le coup de grâce.

Le cas le plus mémorable reste celui de l'ancien ministre des Affaires sociales, Pierre Beaupré, exécuté en direct par le journaliste au cours d'un entretien mené comme un interrogatoire. Le malheureux, en sueur, cherchant ses mots, n'avait pas su s'en dépêtrer. Roussel se souvenait d'autant mieux de cet épisode qu'après avoir secrètement alimenté le site qui l'accusait de détournement de fonds, il avait lui-même confirmé à Rostant la gravité des faits commis par son rival, lui donnant ainsi le signal pour l'abattre sans prendre de risque. C'est aujourd'hui, dans une situation similaire, un tout autre traitement qui lui a été réservé sur le plateau du 20 heures par un Rostant soucieux, cette fois, de ne pas s'aliéner les faveurs du probable vainqueur de l'élection présidentielle.

Tout a été préparé comme convenu par l'entremise d'Édouard Lessner sans que Roussel ait eu besoin de s'en mêler. Et, comme prévu là encore, Rostant l'a appelé au dernier moment pour, sous le prétexte de procéder à d'ultimes ajustements, le remercier de sa confiance et l'assurer de ses bonnes intentions. En commençant par cette formule fétiche – « Vous me connaissez… » – qui lui sert de sauf-conduit pour mieux expliquer son apparente neutralité :

— Vous me connaissez… Vous savez que je n'ai pas pour habitude de transiger avec le respect de la vérité… Mais c'est ici l'honneur de ma profession qui est mis en cause à travers les attaques ignobles que vous subissez. Voilà pourquoi, sans prendre évidemment votre parti, je veillerai à ce que votre parole puisse être entendue…

— C'est réconfortant, cher Jean-Jacques, de savoir qu'on peut compter sur des amis comme vous dans ce genre de situation, le complimente Roussel en lui rappelant, sans rire, qu'il a eu d'autres occasions dans le passé d'apprécier son professionnalisme.

Le leader de la Droite populaire débarque dans les studios une vingtaine de minutes avant le direct, accompagné de Sybille Royer. Roussel lui a seulement indiqué en venant que tout était organisé et qu'il n'y avait aucune raison de s'inquiéter. Un petit groupe de supporters, mobilisés pour la circonstance, l'ovationne à sa descente de voiture, sous les flashes des photographes devant lesquels il s'attarde, tout sourires. Rostant est là pour l'accueillir lui aussi, avec son air apprêté, son visage glabre et sa taille de jockey, flanqué de son directeur de chaîne. Au journaliste qui montre des signes de fébrilité, Roussel lance pour le réconforter, la main sur l'épaule : « Ne vous angoissez pas, cher Jean-Jacques, tout va bien se passer… » Et comme pour mieux démontrer qu'il est, de son côté, d'humeur confiante et détendue, il s'amuse à taquiner Rostant sur ses infidélités légendaires : « À propos, comment va votre femme ? Je veux parler de votre épouse naturellement… Faites-lui toutes mes amitiés », suscitant chez l'intéressé un rire embarrassé. Le signe pour les autres d'une complicité de bon aloi.

Sanglé dans un costume bleu sombre, chemise blanche et cravate grise, le buste raide, les mains plaquées devant lui, Roussel affiche à l'antenne le sérieux et la gravité d'un homme d'État prêt à faire face à toute adversité. Un roc. Ni trouble ni émotion sur son visage, dont la force de séduction paraît si maîtrisée qu'il s'en dégage, comme souvent, une impression de distance et de froideur. Ce qui frappe ce soir-là, comme chaque fois qu'il prend la parole en public, c'est son air d'autorité, la précision et le mordant de son éloquence, cette intelligence de technicien et de stratège maître de ses formules comme de ses dossiers.

Rostant rappelle, en préambule, les « faits » qui lui sont reprochés quand Roussel le coupe d'entrée de jeu :

— Des faits ? De quels faits voulez-vous parler, Monsieur Rostant ? s'étonne-t-il en l'épinglant du regard. Vous avez la réputation, heureusement pour vous, d'un journaliste rigoureux dans le traitement de l'information. C'est, autant que je sache, une règle de base dans votre profession, un principe déontologique de vérifier l'exactitude des nouvelles que vous rapportez et si possible d'en fournir des preuves irréfutables. Or, ce que vous qualifiez de « faits » dans la soi-disant enquête qui me concerne se limite à des déductions hâtives et mensongères tirées de données fabriquées dans la seule intention de me salir, moi et ma famille. Cela porte un nom, Monsieur Rostant : la calomnie. On commente une information, mais une diffamation, on la sanctionne. C'est le travail des tribunaux, pas celui des médias. Voilà pourquoi j'ai décidé de saisir la justice et de porter plainte, comme le ferait n'importe quel autre citoyen à ma place. Les « faits » que vous évoquez n'existent pas, je n'ai donc rien à dire à ce propos. Le vrai sujet n'est d'ailleurs pas là…

— Des questions subsistent néanmoins, intervient Rostant, et mon devoir est de vous les poser…

— C'est bien naturel, je suis venu pour cela.

— Une enquête est en cours, confiée au juge Renoir, il est possible qu'il cherche à vous entendre comme toutes les personnalités citées dans ce document. Vous rendrez-vous à cette éventuelle demande d'audition ?

— D'abord, permettez-moi d'avoir une pensée pour ce malheureux garçon qui a été tué dans les conditions que l'on sait… Je ne le connaissais pas, même s'il semble que nous nous soyons trouvés à la même table, entourés d'autres convives. Je ne le connaissais pas, répète Roussel, mais je souhaite comme tout un chacun que ce crime ne reste pas impuni, que l'enquête progresse vite, permettant d'arrêter rapidement son auteur, et que toute la vérité soit faite sur les raisons de ce meurtre. En ce sens, et bien que je sois étranger à tout cela, si la justice estime nécessaire de recueillir mon témoignage, il va de soi que je ne me déroberai pas. En tant qu'ancien Premier ministre, j'ai eu souvent l'occasion d'apprécier la qualité du travail des juges. Je sais avec quel sérieux et quelle exigence ils accomplissent leur mission. Mon devoir, comme celui de tout citoyen, est de leur apporter mon concours, même s'il leur sera de peu d'utilité dans le cas présent…

Passé ces propos de circonstance, dont il ne pouvait faire l'économie, prononcés d'une voix presque amène, Roussel change de ton. Sans laisser à son intervieweur le temps de reprendre la parole, il s'adresse à Rostant en le pointant du doigt comme s'il le visait personnellement :

— Désolé de vous l'apprendre, cher Jean-Jacques Rostant, mais les Français ne sont pas dupes de ce qui se passe. Le vrai sujet pour eux, ce n'est pas moi, mais de savoir pourquoi des professionnels de la délation peuvent encore sévir dans notre pays en toute impunité. Tous les responsables politiques ou presque ont déjà été dans leur ligne de mire. En proie à des accusations qui ont tourné court la plupart du temps. Mais avec des séquelles souvent irréparables pour ceux qui les ont subies sans avoir rien eu à se reprocher. Certains ne s'en sont jamais relevés. D'autres en sont morts. L'un d'eux s'est même suicidé, on s'en souvient… Mais qu'on se rassure : telle n'est pas mon intention, ajoute-t-il avec un demi-sourire.

— Estimez-vous, monsieur le Premier ministre, qu'à travers votre personne, c'est à vos idées, à votre programme qu'on veut s'en prendre ?

— J'ignore qui est l'inspirateur ou le commanditaire de cette calomnie. C'est peut-être vous ou l'un de vos confrères qui nous l'apprendrez un jour. Je n'ai pas vocation à mener ce genre d'enquête. Ma personne importe peu en réalité. C'est plutôt tout ce que j'incarne qui dérange et qu'on cherche à abattre. En tant qu'homme de droite, catholique et conservateur, respectueux de notre identité nationale, attaché aux valeurs du mariage et de la famille, bref, défenseur d'une certaine idée de l'ordre et de la morale. Beaucoup de tares aux yeux de certains !

L'entretien s'est déroulé jusque-là, sur la forme comme sur le fond, selon le schéma établi. Il touche à sa fin quand le journaliste, sans doute pour faire preuve d'un peu de témérité, se hasarde à demander à son invité :

— Y a-t-il quelque chose de vous que vous n'ayez pas encore dit aux Français, monsieur le Premier ministre… quelque chose qu'ils devraient savoir et qui les concerne ?

Roussel feint de ne pas remarquer le ton insidieux de cette question inopinée. Et, au lieu de s'en étonner, il préfère y voir une exigence de vérité toute naturelle :

— Je n'ai jamais manqué de m'y soumettre, mais le malheur, notamment pour ceux qui rêveraient du contraire, c'est que je n'ai rien à cacher. Je suis comme vous, désireux de sauvegarder un peu d'intimité, insiste-t-il en se penchant légèrement vers son interlocuteur. La mienne n'a rien d'original, elle est même tout ce qu'il y a de plus banal. C'est plus fréquent qu'on le croit chez les hommes dits « de pouvoir » qui n'ont en définitive qu'un temps très limité à consacrer à leur propre vie. Le pouvoir est, en somme, le meilleur moyen qu'ils ont trouvé de rester irréprochables, conclut Guillaume Roussel en riant, pas mécontent de terminer sur une note provocante.

Sybille Royer l'attend à la sortie du studio. L'allure raide d'une sentinelle dans son tailleur noir et blanc, un sourire de fer plaqué sur les lèvres, elle le félicite en lui posant la main sur l'épaule comme elle flatterait l'encolure de son meilleur cheval rentré vainqueur d'une course d'obstacles : « Vous avez été magistral ! » Parmi les dizaines de messages qui se succèdent déjà sur son portable, celui laissé par Antoine Jelloul est plein de louanges – « excellent, offensif » – tout en regrettant sa dernière phrase jugée « imprudente et inutile ». Édouard Lessner, qu'il appelle dès son retour dans la loge, est aussi élogieux, à une réserve près sur la question finale posée par le journaliste. Malgré la réplique de Roussel qu'il juge quant à lui « parfaite », l'avocat s'inquiète du trouble que cette question imprévue peut créer dans l'opinion :

— Quel faux-jeton, ce Rostant ! Il n'a accepté de vous servir de faire-valoir que pour mieux se retourner au dernier moment et semer le doute sur ce qu'il y aurait chez vous de dissimulé. Comme s'il prenait date, en prévision d'un renversement de situation. Pour l'instant, il vous joue gagnant. Mais il veut être sûr d'être dans le bon camp, si le vent soufflait en sens contraire. Il a toujours procédé de la sorte. J'aurais dû me méfier de lui davantage. Mais c'était à peu près le seul sur qui nous pensions pouvoir compter.

— Quelles sont les premières réactions ? interroge Roussel.

— Dans l'ensemble, très positives pour vous. Même sur la partie qui me rassure le moins… La plupart de ses confrères sont sévères pour Rostant. Ils jugent qu'il s'est laissé dominer de bout en bout et qu'il a essayé de sauver les apparences à la fin par une interpellation pleine de sous-entendus qui a plutôt joué en votre faveur… Mes craintes sont probablement exagérées. Mais soyons néanmoins sur nos gardes. Ils n'en resteront pas là.

— Je vous rappellerai en fin de soirée… sauf imprévu d'ici là.

Roussel, qui a quitté les lieux sans attendre la fin du journal télévisé, téléphone un peu plus tard à Rostant, de sa voiture, pour s'excuser d'être parti sans le saluer. Tout miel, le journaliste s'empresse de le remercier, une fois de plus, d'avoir accepté son invitation :

— Grâce à vous, tient-il à souligner, nous avons battu un record d'audience. Les Français savent désormais à quoi s'en tenir. Si j'ai pu contribuer à vous rendre justice, j'en serai très heureux, monsieur le Premier ministre.

— Je pense comme vous que cette intervention m'aura été salutaire, lui répond Roussel. On ne se trompe jamais quand on fait confiance à de grands professionnels. Et vous savez l'estime que je vous porte, mon cher Jean-Jacques, et depuis longtemps…

— J'espère que vous ne m'en voulez pas trop de vous avoir, en fin d'émission, un peu poussé dans vos retranchements. Mais j'ai senti d'instinct que c'était nécessaire pour éviter de…

— Ne vous excusez pas, l'interrompt Roussel. Vous êtes, de notoriété publique, un journaliste scrupuleux et intransigeant. C'est d'ailleurs pour cette raison que je vous ai choisi…

Il laisse à Rostant le temps de savourer cette rasade de compliments bien sentis, avant de lui demander s'il est au courant, lui le journaliste « le mieux informé de Paris », d'un commentaire de l'Élysée sur son affaire :

— Le moins qu'on puisse dire est qu'ils ne sont pas pressés de réagir.

— Un communiqué doit paraître d'un instant à l'autre, lui annonce Rostant.

— En êtes-vous sûr ?

— Je l'ai sous les yeux. Je l'ai obtenu en avant-première.

— Ça ne m'étonne pas de vous, s'écrie Roussel. Et qu'y a-t-il, en bref, dans ce communiqué ? Des condoléances anticipées, je suppose…

— Non, le Président vous réitère son soutien et vous assure de sa totale confiance en des termes chaleureux. Il se déclare « indigné », c'est le mot qu'il emploie, par les procédés utilisés contre vous. « Des méthodes condamnables qui portent atteinte au bon fonctionnement de notre démocratie », ajoute-t-il.

— Rien d'original, mais c'est déjà ça… laisse tomber Roussel. Ils ont tout de même attendu de vérifier dans quel état je serais et si j'allais m'écrouler ou non ce soir, avant de s'engager. Ce que je vous dis là, c'est du « off », bien sûr, se ravise-t-il aussitôt, en voyant Sybille Royer, assise à ses côtés dans le véhicule, lui faire des gestes de prudence.

— Est-ce à dire que vous soupçonnez l'Élysée de double jeu ? feint de s'étonner le journaliste pour l'inciter à poursuivre. Quelles raisons le Président aurait de…

Roussel le coupe net :

— Ne me faites pas dire ce que je n'ai pas dit. Tout est clair entre le Président et moi. Plus clair que jamais... À bientôt, cher ami.

Une fois son portable raccroché, Roussel se tourne vers sa voisine :

— Si je comprends bien, je n'ai plus qu'une chose à faire : appeler Moulins-Duthilleul pour le remercier sans tarder... Dieu sait ce que ce faux cul de Rostant est capable de lui raconter pour se faire bien voir...

— C'est une bonne idée, en effet. Le Président y sera sensible. Il vous déteste moins que vous le pensez, lui glisse sa conseillère.

— Peu importe ce qu'il pense de moi, réplique Roussel. L'essentiel est de savoir s'il est déterminé à me soutenir ou s'il a d'autres idées en tête...

Après avoir déposé Sybille Royer à son domicile, dans le bas de l'avenue Mozart, il demande à son chauffeur de ne pas se presser pour le reconduire chez lui.

— Personne ne m'attend, lui confie-t-il avec un sourire amusé. En fait, quelques amis ont organisé un dîner pour moi après l'émission. Mais je n'ai pas envie de m'y rendre. Ce n'est pas très gentil de leur faire faux bond. Mais si je me décommande, ils vont insister pour que je les rejoigne et je serai obligé d'y aller... Roulez... On verra bien...

Roussel n'a plus qu'un désir à présent : s'abstraire de ce jeu de rôles à quoi se résume son existence, pour circuler ainsi sans but ni destination la majeure partie de la nuit. Il connaît bien ce sentiment d'ennui, de vide, de vacuité qui peut s'emparer de lui à tout instant. L'impression d'un malaise, d'une fièvre qui ravive soudain un besoin d'errance, de fuite immédiate, d'oubli de soi pour se fondre dans un autre univers. Une vie qui lui serait étrangère.

Ce n'est pas la solitude qu'il recherche dans ces moments-là, mais la compagnie d'inconnus. De ces jeunes hommes qu'il trouvait jadis dans des bars, des parcs ouverts le soir, avant de recourir à un système de rencontres plus discret. Les relations tarifées présentaient au moins l'avantage de ne laisser aucune trace, d'être sans histoire et sans conséquences. C'est pour le plaisir et par facilité qu'il s'est mis un jour à payer des garçons dont l'un des mérites était d'être interchangeables, l'un chassant l'autre. Mais aussi pour la liberté de n'avoir à penser à rien en leur présence, de n'être personne en particulier, de se distraire de lui-même, sans avoir à s'expliquer ni se justifier.

Roussel voyait aussi dans ce genre de commodités la meilleure façon de satisfaire ses désirs sans prendre le risque de s'attacher. C'était sa hantise depuis son premier amour d'adolescence, le seul qui ait compté dans sa vie, de céder à toute nouvelle passion. Le souci de s'en prémunir allait de pair avec celui de cacher ses véritables attirances. Une habitude prise dès cette époque où son engouement non dissimulé pour l'un de ses camarades avait fait de lui la risée de tout le collège. Il a veillé depuis lors à ne rien trahir de ses pulsions les plus intimes, assouvies sans le moindre enjeu sentimental.

Cette limite le sécurisait, avec cette garantie supplémentaire qu'offrait un certain anonymat. Quitte à penser que c'est en payant ses recrues au prix fort qu'il achetait le mieux leur silence…

Il est pourtant fréquent que ces compagnons d'un soir, auxquels il a donné rendez-vous sous un faux nom, le reconnaissent à peine arrivés : « C'est fou ce que vous ressemblez à… – Oui, on me le dit souvent, mais ce n'est pas moi, hélas ! », nie-t-il alors en riant. Ce qui est en partie vrai, puisque l'homme qui a fait appel à leurs services est par essence différent de celui qu'ils imaginent. Mais il considère quasi miraculeux qu'aucun d'eux, l'ayant malgré tout identifié, n'ait cherché à le faire chanter. Roussel misait d'autant moins sur leur discrétion que la plupart, lorsqu'il les interrogeait sur leurs autres clients, lui livraient « en confidence » des noms de personnalités célèbres, parfois issues des mêmes milieux que lui. Mais ces risques de divulgation n'excédaient pas, pensait-il, les limites de quelques sphères d'initiés. Toujours est-il que les précautions prises vis-à-vis de ses partenaires occasionnels ont toujours suffi à le préserver de déconvenues embarrassantes.

C'est toujours à la même adresse que Roussel les reçoit : un petit appartement au décor sommaire, aménagé comme un lieu où on ne vit pas, dans un quartier, une rue ordinaires du treizième arrondissement où il peut sembler plus facile de ne pas être repéré. Il ne les revoit jamais, passé la première rencontre. Mais il garde toujours leur numéro de portable, accolé dans son répertoire à un simple prénom derrière lequel subsistent un visage, le souvenir d'un corps.

Ce soir, la tentation lui vient pourtant d'appeler l'un d'entre eux au hasard, de se rabattre sur le premier garçon disponible et de passer en sa compagnie le reste de la nuit. Il n'a jamais éprouvé un tel besoin de se délivrer de lui-même. Comme si sa vie tout entière avait cessé de lui appartenir.

En cours de route, après avoir finalement demandé à son chauffeur de le ramener à son domicile, Roussel se met, de façon mécanique, à répondre aux messages de soutien de nombreux électeurs de sa circonscription et de ses « amis politiques ». Certains, souvent les plus chaleureux, ont attendu cet ultime moment pour se manifester, d'autres étant à l'évidence soulagés à l'idée que son affaire ne risque pas d'entraver leur propre carrière.

Simulacres et faux-semblants dont le pire, pour Roussel, est de devoir exprimer sa gratitude à l'homme qu'il tient pour son ennemi entre tous. Mais il est dans son intérêt immédiat de remercier ce président exécré qu'il surnomme, selon les jours, « la Momie », « le Vieux » ou « Camomille », et auquel il entend bien succéder.

L'échange avec Moulins-Duthilleul, joint sur sa ligne directe à l'Élysée, est bref et d'une cordialité toute de façade. D'un ton faussement accorte, le chef de l'État félicite Roussel de « ne pas se laisser impressionner par des ragots méprisables ». Et pour mieux lui « prouver sa sympathie » – et que « personne ne puisse en douter », prend-il soin d'ajouter – il le convie pour la première fois à Souzy-la-Briche, sa résidence présidentielle dans l'Essonne, au sud de Paris, où il doit passer le week-end :

— Venez donc déjeuner samedi ou dimanche avec votre épouse. La mienne sera présente. Il y a trop longtemps que nous ne nous sommes pas retrouvés tous les quatre. En famille… insiste Moulins-Duthilleul d'une voix suave, avant de raccrocher.

Malgré la perfidie de cette dernière formule censée rappeler une amitié très ancienne, Roussel sait ne pas avoir d'autre choix que de se rendre à cette invitation dont il n'attend rien de mieux. Hormis le plaisir tout aussi pervers d'assister à une partie qu'il sait truquée d'avance.

8

L'engrenage

La riposte ne se fait pas attendre. C'est Norbert Pablo en personne qui, le lendemain matin, réagit sur son site aux déclarations de Roussel.

Le journaliste s'en prend directement à l'ancien Premier ministre. Il commence par ironiser sur son « art de brouiller les pistes à défaut de fournir une explication claire et convaincante qui eût dissipé les doutes », déplorant que Roussel ait « choisi de les alimenter par une attitude faite de mépris et d'arrogance ». Pablo se défend d'avoir jamais cherché à « décimer la classe politique, qui n'a pas besoin de nous pour se détruire aux yeux de l'opinion ». Il affirme n'obéir, dans l'exercice de sa profession, qu'à une règle : « Le souci de la vérité, inséparable d'une certaine idée de la morale », ajoutant : « Nous n'épargnons personne. Nous sommes libres et indépendants. »

Sur l'affaire elle-même, après avoir rappelé qu'une enquête est en cours pour identifier les « auteurs du crime », Pablo dément avoir voulu mettre en cause

« exclusivement » le candidat de la droite. « Nous nous sommes contentés de signaler, comme c'était notre devoir, que le nom de Guillaume Roussel était cité par la victime dans une liste de personnalités proches d'elle, semble-t-il, et à interroger si nécessaire. »

Jusque-là, rien d'inattendu dans la réponse du journaliste. C'est à la fin qu'il assène à Roussel le coup le plus rude : « Le fait est, souligne-t-il, que ce type de fréquentations, s'il est avéré, jetterait un éclairage surprenant sur les mœurs présumées d'un dirigeant politique connu pour ses prises de position ultra-conservatrices dans ce domaine. » Et d'annoncer de « nouvelles révélations dans les jours à venir sur le véritable visage du leader de la droite »…

Roussel s'apprête à rejoindre sa femme en Touraine, quand il est prévenu par Édouard Lessner. C'est à peine s'il a prêté attention, la veille au soir, dans l'euphorie de son succès télévisé, à la mise en garde de son avocat – « Ils n'en resteront pas là ». Avertissement qui lui revient à présent en boomerang. L'effet positif produit par son intervention est anéanti. Lessner lui confirme que les médias, persuadés jusque-là d'un retournement de la situation en sa faveur, ont aussitôt viré de bord. Focalisés désormais sur ces « nouvelles révélations » qui relancent une affaire qu'ils estimaient en grande partie éteinte.

— Ils ne parlent plus que de ça… Comme ils ne détiennent aucune autre information, ils émettent toutes sortes d'hypothèses sur ce qu'il y aurait chez vous de dissimulé…

— Quel genre d'hypothèses ? interroge Roussel d'une voix blanche.

— L'éventualité d'une double vie… Vos liens aussi avec un personnage trouble comme Antoine Jelloul dont la présence à vos côtés, sur la photo, suffit à faire douter de votre morale… disons financière. Le sexe et l'argent, les ingrédients habituels des scandales politiques.

— Mais Jelloul est l'ami de tout le monde, se défend Roussel. Pourquoi m'incriminer, moi en particulier ? On sait bien pourtant que je ne suis pas un homme d'argent.

— La question n'est plus de savoir ce qui est vrai ou faux, nuance Lessner. Ils ont décidé d'enquêter sur vous et de lancer leurs filets dans toutes les directions. Il faut s'attendre à ce qu'ils interrogent toute personne susceptible de leur fournir des renseignements. Dans votre entourage, parmi les membres de votre parti ou les électeurs de votre région. Vos anciens collaborateurs, vos condisciples de l'ENA… Ils fouilleront dans tous les coins, c'est leur méthode. En ne retenant, bien sûr, que le pire de ce qu'ils auront récolté…

— Vous ne me rassurez pas, mon cher maître. Que puis-je faire dans ces conditions ?

— Au moins essayer de colmater les brèches en prévenant ceux de vos amis qui risqueraient d'être instrumentalisés. Et puis disparaître, faire le mort pendant quelques jours… Réagir ne servirait à rien dans l'immédiat. Ce serait se livrer à une surenchère inutile, qui ne pourrait que vous desservir auprès de l'opinion. Nous sommes condamnés à attendre leurs prétendues révélations, mais n'ayons pas l'air de nous en inquiéter.

— Disparaître ? Comment voulez-vous que je fasse, alors qu'ils sont déjà là à m'attendre, s'écrie Roussel qui, de l'une des fenêtres de son appartement, vient d'apercevoir un petit attroupement au bas de son immeuble. À moins de partir à l'autre bout du monde, ils sauront toujours où me trouver. On aura vite fait de leur signaler que j'ai quitté Paris pour me rendre en Touraine, où ils vont tous rappliquer comme des mouches – des guêpes plutôt… Et ils sont déjà probablement prévenus de mon déjeuner avec Moulins-Duthilleul. L'Élysée a dû faire le nécessaire. Le « Vieux » a tout intérêt à se montrer bienveillant. La façon la plus habile de cacher son jeu et de me piéger du même coup.

— Je ne vous demande pas de vous exiler. Seulement de rester à distance de tout ce marécage le plus longtemps possible. C'est la meilleure des stratégies pour un homme appelé, comme vous, aux plus hautes fonctions…

« Si tant est que ce soit toujours le cas », se dit Roussel qui a sursauté en entendant Lessner s'adresser à lui comme s'il était déjà élu. Il aurait préféré, à tout prendre, que son défenseur lui prédise une catastrophe. Mais que Lessner ne semble pas douter de ses chances de l'emporter provoque l'effet contraire, ravivant sa crainte de devoir renoncer à se présenter. Beaucoup y ont intérêt et l'acharnement des gens de Pablo n'a vraisemblablement pas d'autre but.

Roussel vient juste de quitter Lessner quand il découvre un message d'Antoine Jelloul. Ce dernier l'informe de sa convocation par la police judiciaire. Il doit être entendu comme « témoin » dans l'enquête sur le meurtre de Fouad Layannah. Son audition est prévue en début de semaine. Jelloul lui demande instamment de ne pas le rappeler, persuadé qu'ils sont tous deux sur écoute. C'est la nouvelle que Roussel redoutait : sans doute une première étape avant sa propre convocation. Et une preuve définitive que l'engrenage visant à le détruire est bel et bien enclenché…

Il rejoint les gardes du corps qui l'attendent à l'entrée de son appartement et descend avec eux dans le parking privé où est garée sa voiture. Aussitôt assailli à sa sortie de l'immeuble par un essaim de journalistes qui se précipitent sur le véhicule. Ils l'encerclent, caméra et micro au poing. Roussel les affronte sans un mot, sourire vissé aux lèvres, saluant d'un geste ample de la main à travers la vitre baissée. Il reste bloqué sur place, entre le trottoir et la rue, pendant de longues minutes, malgré les tentatives de son chauffeur pour avancer. Les questions fusent de toutes parts, insistantes et presque agressives : « Craignez-vous ces nouvelles révélations ? », « Allez-vous continuer à faire campagne ? », « Que pensez-vous dire au juge s'il vous convoque ? »… Pris sous la mitraille des photographes, Roussel continue d'afficher le même mutisme imperturbable. Mais sur les images diffusées peu après, on découvre un homme comme tétanisé, le sourire crispé, le regard perdu, l'air d'un fugitif enserré dans une nasse.

Roussel connaît ce genre de tensions, habitué à être pris à parti par des manifestants lors de ses déplacements en province ou par les élus d'opposition à l'Assemblée. Mais c'est un brusque changement d'atmosphère qu'il ressent maintenant autour de lui. Une hostilité presque rageuse dans la façon de l'interroger, comme si on le pressait désormais de tout avouer. Ce n'est plus au personnage public qu'on s'adresse avec le semblant de respect dû à ses fonctions, mais à une sorte de suspect traité sans égards tant ses méfaits paraissent déjà si accablants.

Roussel pousse un soupir de soulagement quand son chauffeur parvient à s'extraire de cette mêlée. La voie semble enfin dégagée. Mais il ne parvient pas à se détacher de cette séquence : sans doute un autre signe de la curée qui s'annonce. Face à la menace de « nouvelles révélations », Roussel redoute le pire en imaginant les sbires de Pablo en train de fureter dans les moindres recoins de sa vie, de solliciter tous azimuts des témoignages forcément à charge, les langues ayant maintenant intérêt à se délier. Ils se serviront de tout, du vrai comme du faux, pour le jeter en pâture à une opinion avide de scandales. Un lynchage programmé et minutieusement agencé par un de ces « cabinets noirs » dont il connaît la redoutable efficacité dans ce genre d'opération. Les preuves importent peu en pareil cas, le tout est de frapper au bon endroit. Là où les dégâts promettent d'être irréparables.

C'est de cette façon, Roussel s'en souvient au point d'y revenir sans cesse, comme obsédé par cet épisode, qu'il a lui-même procédé avec son ancien collègue Pierre Beaupré. Un rival en puissance dont il n'eut qu'à exploiter la faille la plus plausible pour aboutir à son élimination. La question n'est pas de savoir ce qui est moral ou non dans les moyens employés, mais de viser juste. Un soupçon d'abus de bien social pesait sur Pierre Beaupré suite à la plainte de l'un de ses administrés. Beaupré passait dans sa commune pour peu regardant en matière d'attribution des marchés publics. Il s'était vu accuser de favoritisme au profit d'une entreprise dont l'un de ses fils était actionnaire. Il avait veillé à ce que l'affaire ne s'ébruite pas dans la presse locale et encore moins nationale. Mais Roussel, au ministère de l'Intérieur, en avait été aussitôt avisé par ses services. Il s'était fait communiquer les éléments du dossier avant de charger un de ses hommes de confiance de les transmettre discrètement à Norbert Pablo dont le site, à peine fondé, avait déjà expérimenté avec succès ses méthodes d'investigation. Il suffit de puiser aux bonnes sources pour qu'une enquête conclue d'avance n'ait plus qu'à produire ses effets dévastateurs.

Le ministre des Affaires sociales n'eut pas le temps de se défendre, devenu, du jour au lendemain, un des pires symboles du népotisme et de la corruption. C'est en vain qu'il assura n'avoir commis aucune infraction :

plus personne n'avait envie de le croire ou de l'entendre. Ce protégé du chef de l'État et l'un des membres les plus appréciés du gouvernement était jugé désormais encombrant par les siens. Le sachant perdu, on l'évitait, se détournait de lui. Vérifications faites, il apparut que Beaupré avait agi en toute légalité et que son fils avait revendu ses parts bien avant l'opération. Mais c'est seulement après sa démission qu'on lui avait pour partie rendu justice, sans que le doute fût dissipé pour autant.

Roussel se dit avec effroi qu'il peut être victime à son tour du même scénario. Tout semble déjà prêt pour qu'il se reproduise à l'identique. Un soupçon, même infondé, peut suffire à mettre en doute la vérité d'une existence, à laisser entrevoir sa part d'ombre et de compromission. Mécanisme inextricable qui procède, une fois lancé, par dévoilements successifs. À partir d'une simple photo, utilisée comme pièce à conviction, c'est tout l'arrière-plan d'une vie publique qui se trouve exhumé, étalé au grand jour. Ce cliché, dans son cas, n'est que le fruit d'une coïncidence malencontreuse, mais il réunit, de fait, tous les indices d'une collusion entre le sexe et l'argent. Roussel s'est trahi malgré lui sur cette image où on le voit poser au mauvais endroit avec les mauvaises personnes, comme on laisse fortuitement traîner après soi une empreinte fatale.

Sa hantise à présent est que ressurgissent d'autres traces du même acabit. Des photographies prises à son insu qui viendraient confirmer la nature de ses fréquentations intimes. Des documents confidentiels divulgués en sous-main qui pourraient attester ses accointances financières avec un individu aussi sulfureux qu'Antoine Jelloul. Roussel n'a jamais fait grand mystère de leur proximité dans les milieux où ils évoluent de concert. Sans qu'on puisse toutefois avoir une idée précise de leur degré de connivence, ni des avantages qu'il en retirait. Mais une enquête un peu poussée suffirait à mettre en lumière certaines rentrées d'argent difficiles à justifier. De même que l'absence, aussi surprenante, de certaines dépenses relatives à des frais de voyages, de séjours à l'étranger pourtant fréquents.

Tout ce que Roussel est parvenu si longtemps à masquer lui revient brutalement en mémoire sur cette autoroute déserte perdue dans la vaste étendue d'une plaine sans relief. Tapi à l'arrière de son véhicule, il a l'impression de se confondre peu à peu avec ce néant qu'il traverse, sans rien voir des paysages environnants. De se réduire à la somme de ses vices cachés qui n'aurait été que la seule vérité de son existence. Cela et rien d'autre. Comme si le reste n'avait été que postures et mensonges. Sa carrière, ses combats, son mariage, sa famille : maquillage et arrangement.

Il sait à partir de quel moment tout est devenu double jeu dans sa vie. Une dérive qu'il pourrait attribuer aux seules nécessités du pouvoir et de la politique, si elle ne résultait avant tout de sa propre histoire. Celle d'un homme qui, très tôt, a dû s'employer, pour camoufler ses désirs et ses sentiments, à adopter des attitudes délibérément trompeuses, mais toujours conformes à ce qu'on attendait de lui.

Il n'a pas besoin de chercher loin dans sa mémoire pour en retrouver la cause. Un souvenir d'humiliation ne s'efface jamais et ce secret douloureux est resté aussi vif et cruel avec les années que le jour où Guillaume avait dû essuyer, dans la cour du collège d'Évreux, les railleries des garçons de sa classe. L'un d'eux l'avait surpris, une fin d'après-midi, à la sortie de l'établissement, en train d'embrasser le camarade dont il était devenu inséparable. Le plus beau à son goût de tous les élèves de seconde, le fils d'amis de ses parents. Joseph Chambrun, un grand brun un peu farouche, aux allures de jeune prince, qui n'aimait que les livres et fuyait la compagnie des adolescents de son âge. Excepté Guillaume, un solitaire lui aussi, qui partageait une même attirance pour tout ce qui les différenciait des autres et qui leur était défendu.

Guillaume était le seul des deux à subir les moqueries du reste des collégiens, Joseph mystérieusement épargné comme s'il jouissait auprès d'eux d'un respect particulier. Un jour, Guillaume avait appris qu'un des poèmes enflammés qu'il lui faisait parvenir en secret était tombé entre leurs mains. Signé « Ton petit fiancé », ce poème ne laissait subsister aucun doute sur la nature de leur relation. Par qui et comment l'avaient-ils obtenu ? Guillaume l'avait-il fait glisser de sa poche sans s'en apercevoir ? Ou était-ce Joseph qui l'avait trahi pour se débarrasser de lui ? Toujours est-il que ce dernier avait brusquement cessé de le fréquenter après lui avoir reproché d'être trop « imprudent ». Un mot que Guillaume, blessé, désespéré, ne s'attendait pas à entendre de sa bouche et qui avait agi sur lui comme un terrible révélateur.

Dans tous les portraits qui lui ont été consacrés depuis lors revient l'image, qu'il a pris soin d'entretenir et de peaufiner, d'une sorte d'enfant modèle, d'un garçon discret au caractère conciliant, malléable et sans aspérités. Il avait reçu, rappelait-on, la meilleure des éducations de parents authentiquement attachés aux principes de l'école républicaine. Et on présentait cet « excellent élève, l'un des plus doués du collège d'Évreux », comme « prédestiné à servir l'État et la République ». Une carrière au sein de la haute fonction publique allait de soi dans un milieu comme le sien. La question d'un autre choix ne s'était pas posée. L'étudiant de Sciences-Po et le futur énarque, soucieux de ne pas se faire remarquer, s'était contenté de remplir le rôle qu'on lui assignait.

C'est de la même façon que Guillaume Roussel est entré en politique. Non de son propre chef, mais à l'instigation d'un tiers, pour endosser un personnage qu'il s'est laissé imposer par commodité. Les idées en soi ne l'intéressaient pas, d'où la facilité avec laquelle il s'est empressé d'en changer dès qu'il en a perçu l'utilité. Il avait cru comprendre que le mieux à faire, pour réussir dans ce domaine, est de s'abriter derrière l'identité qui convient au plus grand nombre. Il n'avait pas eu de mal à exceller dans ce registre, comme beaucoup d'autres autour de lui. Mais, en ce qui le concernait, avec des dispositions particulières et un sens quasi naturel de l'opportunisme.

Guillaume Roussel s'est habitué, sans état d'âme, à côtoyer ce double qui lui sert de comparse et qu'il regarde évoluer à distance parfois, comme s'il lui était étranger. Mais toute sa vie a été contaminée par ce jeu de dupes dont il s'est rendu prisonnier. Il ne s'est pas contenté d'abuser ses électeurs et ses partisans en leur vendant avec succès une parfaite icône de la droite fabriquée de pied en cap. Il mesure aujourd'hui à quel point il a aussi leurré tous ses proches en offrant à chacun d'eux une image de l'homme qu'il n'était pas. À ses parents, celle d'un fils fidèle à leur héritage et respectueux de leur exemple. À sa femme et ses enfants, celle d'un époux et d'un père soucieux de ses engagements et conscient de ses devoirs. Une mystification sur toute la ligne.

Les premiers ne lui ont pas pardonné de s'être renié en travestissant ses origines pour les besoins de sa carrière. Sa mère, la plus indignée contre lui, est morte sans avoir accepté de le revoir. Son père, qui l'accusait d'être responsable de sa disparition, vit toujours dans leur maison de famille où son fils n'est plus le bienvenu. En visite ministérielle dans la région, ce dernier a d'ailleurs pris soin de contourner cette demeure qui lui est désormais interdite.

Son mariage était dans la logique des choses pour un adepte même récent des vertus chrétiennes, un tenant de la morale bourgeoise la plus sourcilleuse. Hormis la nécessité de « se ranger » alors qu'il venait, à trente-cinq ans, d'être élu député, rien ne l'incitait à sacrifier aux rites d'une union conjugale et moins encore à fonder une famille. Il ne se sentait prêt, d'aucune façon, à renoncer aux tentations d'une sexualité indécise. Filles ou garçons, il alternait les liaisons sans intention de se fixer – à ceci près qu'il affichait les plus séantes pour couvrir les moins avouables, porté d'instinct, dans sa vie intime comme dans sa vie publique, à se servir d'une apparence pour mieux cacher la vérité. Il n'avait nullement envisagé en se mariant de régulariser ses mœurs. Tout au plus de s'abriter, ici comme ailleurs, derrière une réalité de façade pour vivre et agir selon ses désirs.

Héloïse de Chauvel représentait à cet égard le parti idéal. Fille d'un général de cavalerie dont elle était l'unique héritière, richement dotée du côté de sa mère de propriétés dans le Périgord et d'un manoir en Touraine, élevée dans les écoles religieuses les plus prisées, elle offrait tous les gages d'un parfait statut social. Guillaume n'avait pas eu à chercher loin pour la rencontrer : Héloïse assurait à l'Assemblée le secrétariat du groupe des députés de droite lorsqu'il avait remarqué cette grande jeune fille timide à la physionomie un peu austère. Les cheveux coupés court, un visage émacié aux pommettes hautes, un sourire désarmant de crainte ou d'ingénuité, elle parlait du bout des lèvres quand elle consentait, comme malgré elle, à sortir de son silence. On l'entendait à peine et elle semblait n'avoir qu'une hâte, se faire oublier pour retourner à des activités qu'elle menait avec une discrétion de fer. Son futur compagnon avait perçu, sous tant de pudeur, de distance et de laconisme, une solidité de caractère, un sens à la fois de l'indépendance et de la fidélité qui feraient d'Héloïse la plus sûre des alliées. Mariage d'amour ou d'ambition ? Ils n'avaient pas eu besoin de définir les termes de leur union pour savoir, d'instinct, que les deux seraient indissociables.

Héloïse avait dû, pour l'épouser, braver l'hostilité de sa famille. Celle de son père, en particulier, qui l'avait vivement mise en garde contre le risque de « faire le jeu d'un parvenu ». Tout homme politique était par nature suspect à ses yeux. Le chef de clan avait flairé chez ce prétendant, même promis selon sa fille à une brillante carrière, un travers, sa « légèreté », qui suffisait à le disqualifier. « Pas mal vu ! », s'était dit l'intéressé lorsqu'Héloïse lui avait rapporté en riant ce jugement paternel dont elle était résolue à ne tenir aucun compte. Héloïse se serait facilement contentée d'un mariage en catimini, hors la présence des siens. Mais Guillaume avait exigé une cérémonie en bonne et due forme, comme s'il s'agissait pour lui d'aller jusqu'au bout d'une parodie nécessaire.

Il avait exécré leur voyage de noces sur la Côte amalfitaine, dont le couple était rentré plus tôt que prévu sous le prétexte d'une session parlementaire anticipée. Héloïse était déjà enceinte de leur premier enfant à cette époque. Guillaume avait interprété cette future naissance comme une « suite logique » dont il n'y avait lieu ni de s'étonner ni de se réjouir. Il ne s'était pas déplacé le jour de l'accouchement, officiellement retenu dans sa circonscription. Il ne s'était présenté à la maternité que le surlendemain, pour se déclarer « heureux et fier d'être père » alors que ce surcroît de responsabilités paraissait l'encombrer.

Héloïse, par amour et convenance, semblait s'être faite à l'idée de devoir tout lui pardonner, du moins de l'absoudre sans discussion. Elle avait feint de ne pas remarquer son embarras, ni d'être surprise du peu de temps qu'il lui accordait, toujours entre deux visites éclairs et requis ailleurs par des tâches plus urgentes. Elle se voulait, quelles que soient ses raisons de s'éclipser aussi vite qu'il était arrivé, au service de sa réussite. Un pari sur l'avenir qui avait valeur, entre elle et lui, d'engagement réciproque, de pacte scellé entre deux partenaires de jeu. En l'épousant et faisant de lui un chef de famille, elle avait contribué à façonner l'image rassurante du leader en qui la droite pourrait se reconnaître. Secondée par Antoine Jelloul, un « intrus » qu'elle n'aimait guère mais dont elle tolérait les bienfaits, Héloïse avait joué un rôle décisif dans le basculement politique de son mari. Seule comptait pour elle la carrière qu'elle lui destinait. Le véritable ciment de leur relation.

En presque trente années de vie conjugale, jalonnée de périodes de séparation de plus en plus fréquentes, jamais Guillaume Roussel n'a autant appréhendé un face-à-face avec son épouse. Héloïse ne pourrait rester plus longtemps insensible à de nouveaux soupçons sur les mœurs qu'on attribuait à son mari. Que se passerait-il si elle exigeait de lui un démenti de nature à dissiper ses craintes ?

Si elle le soumettait, de guerre lasse, à une épreuve de vérité à laquelle il ne pourrait plus se dérober ?

Roussel préfère croire, pour l'heure, que sa femme s'en tiendra au modus vivendi qu'elle a toujours veillé à préserver. Mais il s'interroge pour la première fois sur l'avenir de leur couple, jusqu'à douter de ses chances de survie.

Lucé n'est maintenant qu'à une trentaine de kilomètres et plus il approche de sa destination, plus cette rupture lui paraît inévitable.

9

En famille…

Cet endroit lui est resté étranger. Il n'y est jamais venu qu'en coup de vent, le temps d'un week-end, qu'il s'empressait d'abréger en se rabattant sur le moindre prétexte.

Roussel conservait un souvenir détestable de son premier séjour à Lucé, l'année de ses fiançailles avec Héloïse. Accueil froid, distance immédiate. Des rites d'un autre âge, un univers guindé, calfeutré, où la vie n'obéit qu'à des us et coutumes immuables. Déjeuner et dîner à heures fixes, parties de bridge, concours hippiques et promenades en forêt, fréquentations limitées aux notabilités locales, messe dominicale et benedicite avant chaque repas… Le lieu comme ses hôtes lui avaient paru définitivement hostiles, fermés à un individu dans son genre, dépourvu de particule et sans profession digne de leur milieu. Une impression de rejet ravivée à chacun de ses rares passages, jusqu'à la mort de ses beaux-parents. Guillaume aurait eu toutes raisons de se sentir chez lui, à Lucé, une fois seul à y résider avec Héloïse. Mais il était trop tard pour changer ses habitudes de visiteur furtif et occasionnel, qui l'arrangeaient par ailleurs.

À l'écart du village, blottie au fond d'un chemin forestier derrière de hautes grilles en fer forgé, avec ses toits d'ardoise dominés par un vieux cèdre, une ancienne closerie transformée en manoir. Le portail, surmonté d'un colombier, a été laissé ouvert pour son arrivée. Sa voiture s'avance dans la cour déserte, où ont été disposés une table de jardin, quelques fauteuils et des chaises longues ressortis pour la belle saison. Aucun autre signe de vie dans cet enclos figé dans une torpeur de saison morte. Roussel met quelques minutes à s'extraire de son véhicule, comme par crainte de basculer dans un vide où personne ne l'attend.

Il gravit d'un pas lent les marches du perron, franchit le vestibule, traverse le salon et se dirige vers la terrasse qui ouvre sur le parc. Il s'immobilise dès qu'il aperçoit Héloïse dans l'allée principale, en train de téléphoner, le portable à la main. Il l'observe à distance avant de s'approcher, comme s'il cherchait à identifier le visage d'une inconnue. Saisi d'un élan de tendresse mêlé d'un peu de remords à la vue de cette femme dont il est censé partager l'existence, sanglée dans sa tenue de campagne, en bottes et pantalon de toile, chemise de lin blanc retroussée aux manches, un pull bleu sur les épaules.

C'est toujours ce même sentiment qui l'étreint chaque fois qu'il retrouve son épouse, une émotion devant tant de droiture et de fidélité qui lui renvoient de lui-même l'image d'un être fourbe et inconstant. Roussel se laisse gagner par le regret de ne pas lui ressembler, de n'avoir pas su manifester le même attachement envers celle qui lui a consacré l'essentiel de sa vie. Puis il se ressaisit aussi vite à la pensée qu'il n'a pas démérité dans la réussite publique de leur couple. Le succès d'une ambition commune qui, pour Héloïse, l'emportait sans doute sur des bonheurs que son mari n'a pas toujours su lui procurer dans d'autres domaines.

Héloïse avait misé, en l'épousant, sur sa capacité à accéder aux plus hautes fonctions, et fait équipe avec lui en sachant à quoi s'en tenir pour le reste. Elle, qui se définissait comme « une femme de devoir », veillait à cultiver au-dehors l'image d'une entente insoupçonnable, comme à manifester vis-à-vis de son mari une confiance à toute épreuve qui avait pour effet de le rassurer autant que de le désarmer. Mais c'est avec la même placidité qu'Héloïse, prenant acte du peu de vie conjugale qui subsistait entre eux, estima un jour « préférable » de faire chambre à part. Elle s'était d'ores et déjà organisée en ce sens. Roussel, pris de court, avait d'abord protesté, puis tenté de la faire revenir sur cette décision, avant de s'y résigner assez vite, une fois démontré qu'il n'en était pas responsable. Préoccupé de voir s'installer entre elle et lui une distance irréversible, il se rassurait à la pensée qu'un couple fonctionne selon des codes immuables. Une fois posés, ils nuiraient encore plus à son équilibre s'ils venaient à changer.

Il redoute à présent que sa femme achève de s'éloigner de lui dans les mêmes conditions. Sans fracas ni ressentiment déclaré, mue par le simple constat d'une vérité inéluctable. Il lui trouve un air si soucieux au téléphone, tandis qu'il continue de l'observer à son insu, qu'il ne doute pas de ce qui la préoccupe. Mais son sourire accompagné d'un petit signe de la main, dès qu'il s'avance vers elle, lui laisse espérer qu'il n'est peut-être pas seul en cause. Ses craintes sont dissipées quand, après un rapide baiser sur la bouche, posé du bout des lèvres, elle lui confie ce qui la tracasse : la perte de l'un de ses chevaux favoris. Encore, se dit-il, un de ces subtils contournements dont elle est coutumière.

— Il est parti sans souffrir, lui précise Héloïse. Nous avons tout fait pour le sauver, mais en vain… Ne m'en veuillez pas si je n'ai pas l'esprit aussi détendu que je le devrais pour votre arrivée.

— Je comprends votre chagrin et suis aussi triste que vous, lui dit-il sans vraiment trouver pour cela les mots justes ni les gestes appropriés.

Héloïse, guère encline aux effusions trop marquées, paraît presque embarrassée lorsque son mari la prend dans ses bras pour essayer de la réconforter. Elle se dégage assez vite de son étreinte comme si elle lui glissait entre les doigts. Elle poursuit sur le même sujet en se mettant à lui raconter, dans le détail, le « drame » qui s'est produit et auquel il fait mine de s'intéresser.

Roussel, assis à côté d'elle sur l'un des canapés du salon, l'écoute sans broncher ni chercher à l'interrompre. Il s'était préparé à affronter ses questions et essuyer ses reproches, persuadé qu'elle le sommerait cette fois de s'expliquer. Et c'est un autre traitement qu'elle lui fait subir, en ne lui parlant d'emblée que d'équitation et de questions domestiques. Une façon, peut-être, de lui faire comprendre qu'il a cessé d'occuper la première place dans l'ordre de ses priorités. Héloïse s'est bornée à lui adresser la veille, après son émission télévisée, un bref message – « Vous avez été impeccable » – qu'il a jugé un peu sommaire et expéditif. Au moins aurait-elle pu faire l'effort de lui envoyer un mot de soutien moins laconique.

Tout est clair maintenant : si Héloïse a choisi de faire diversion, c'est par souci de ne pas lui infliger une pression supplémentaire en lui demandant de se justifier. Et il en éprouve envers elle une sorte de gratitude un peu lâche, qu'elle lui en voudrait d'exprimer. Héloïse n'est pas femme à s'appesantir, non plus, sur les sujets trop dérangeants. Quand elle se décide enfin à commenter les derniers rebondissements de l'affaire, c'est pour les évacuer d'une phrase :

— Nous ferons face, quoi qu'il arrive…

Roussel est soulagé, même s'il eût préféré une discussion plus directe. Il lui suffit pour l'heure de savoir que leur couple n'est pas encore en péril. Héloïse a toujours été une femme solide et maîtrisée. L'essentiel est qu'elle reste engagée à ses côtés.

Roussel remarque néanmoins chez elle des signes inhabituels de trouble et de nervosité. Il note qu'elle s'est remise à fumer, se levant à plusieurs reprises pour allumer une cigarette. De même qu'elle n'a pas attendu son arrivée, elle qui avait cessé de boire, pour ouvrir une bouteille de champagne posée dans un seau à glace. Plus troublant encore, sa décision, prise sans le consulter ni même le prévenir, d'annuler leur réunion de famille. Compte tenu des circonstances, Héloïse a jugé préférable de dispenser leurs enfants d'un week-end avec eux :

— Il vaut mieux les préserver, lui explique-t-elle, les tenir autant que possible à l'écart de tout ça.

Héloïse a prononcé cette phrase sans acrimonie. Rien d'autre qu'une simple mesure de protection. Mais il l'a sentie préoccupée pour la première fois à l'idée d'un scandale qui éclabousserait aussi leurs enfants. Tous auraient à en pâtir et l'avenir de chacun d'eux risquait d'en être à son tour entaché. Auquel cas leur nom deviendrait moins facile à porter.

Roussel pense à sa seconde fille dont le mariage est tout proche. Hélène s'apprête à épouser l'héritier de l'une des grandes dynasties du Médoc. Lequel peut se targuer d'être le futur gendre du prochain locataire de l'Élysée. Une plus-value dont il a toutes les raisons de s'enorgueillir. Cette union s'annonce comme l'un des événements politico-mondains de la campagne présidentielle. Sauf si la fête tourne court d'ici là, ce qu'Héloïse semble redouter sans l'avouer ouvertement. En usant des mêmes subterfuges pour masquer le fond de sa pensée.

Il comprend l'angoisse d'Héloïse, perceptible malgré elle, et voudrait trouver les mots, les gestes pour la rassurer. Tout en sachant que la vérité risquerait d'être le pire des remèdes.

Dilemme insoluble auquel Roussel a conscience de ne pas être étranger. Sans s'estimer seul coupable. Héloïse y a contribué tout autant par ses silences et ses dérobades. En favorisant de la sorte un jeu de dissimulation déjà ancré en lui avant de la connaître, mais dont elle n'a rien fait pour le délivrer.

Ce n'est pas la décision d'Héloïse de différer leur week-end en famille qui l'exaspère le plus, mais de se trouver en tête à tête avec elle dans ce lieu qu'il exècre. Séjour écourté par une autre épreuve non moins redoutable : le déjeuner prévu le dimanche à Souzy-la-Briche où Moulins-Duthilleul les a conviés, Héloïse et lui, « en famille », selon sa formule. Roussel appréhende les longues heures qu'il lui reste à passer dans ces huis-clos successifs avant son retour à Paris.

Il étouffe déjà à Lucé, dans ce manoir sans échappatoire où Héloïse a tout maintenu en l'état depuis la mort de ses parents. Le même décor pesant et suranné, avec ses pièces sombres en enfilade, ses plafonds trop hauts, ses meubles et cheminées d'époque, ses tapisseries aux sempiternels motifs équestres, ses collections de figurines et statuettes en bronze de cavaliers de la période napoléonienne. Héloïse y a seulement ajouté, posées sur de vieux guéridons en bois massif, quelques photographies récentes de son mari dans les jardins et à son bureau de Matignon, et d'elle et de lui lors d'un meeting électoral ou en vacances de neige avec leurs quatre enfants. Le reste, inchangé, comme figé à perpétuité dans une torpeur de mausolée.

— Qu'avez-vous prévu pour la soirée ? lui demande-t-il tout à coup en se levant du canapé. Je vous invite à dîner dans votre restaurant préféré.

— Nous pouvons aussi bien rester ici au calme et sans risquer d'être harcelés par les paparazzi. Ils sont déjà nombreux dans le village à vous attendre, le met en garde Héloïse comme s'il s'apprêtait à commettre une nouvelle imprudence.

— Je n'en ai vu aucun en arrivant, ils doivent être bien cachés, ironise Roussel qui n'en peut déjà plus de se sentir enfermé. Que craignez-vous ? Avec toutes ces rumeurs, c'est une bonne chose qu'ils nous voient ensemble, ajoute-t-il sans plus se soucier de la ménager, excédé au point d'en devenir agressif.

— Je ne vois pas ce qu'ils pourraient trouver d'étonnant à cela, se borne à lui répondre Héloïse avec un petit rire un peu acide.

À bout d'arguments et trop nerveux pour rester en place, Roussel monte dans sa chambre, le seul endroit dans cette maison où il puisse trouver refuge. Il en redescend quelques minutes plus tard, après s'être ressaisi, prêt à faire amende honorable. Mais sa compagne le coupe aussitôt dans son élan, en s'excusant de son bref mouvement d'humeur :

— Je ne voulais pas vous blesser… Nous nous sommes toujours compris à demi-mot, vous et moi. Je peux proposer à quelques-uns de nos amis de nous rejoindre au restaurant, si vous le souhaitez.

Il a à peine le temps de la remercier quand un de ses gardes du corps, resté dans la cour avec ses collègues pour surveiller les alentours, vient l'alerter de la présence de photographes dans les parages. Une équipe de télévision est en train de sillonner les rues du village pour recueillir les réactions des habitants. D'autres journalistes patrouillent dans les environs, guettant sa première sortie du manoir. L'un d'eux s'est même présenté à l'entrée de la demeure dans l'espoir d'obtenir un rendez-vous avec lui et si possible son épouse.

— Ils se croient tout permis, s'indigne Roussel. Nous voilà donc assiégés… Autant rester là, vous avez raison, dit-il en se tournant vers sa femme.

Héloïse acquiesce d'un sourire. Elle attend que le garde du corps se soit retiré pour reprendre la parole.

— Il y a une chose que je n'ai pas encore eu le temps de vous dire, reprend-elle, la mine embarrassée.

— Je m'attends au pire… Allez-y !

— Le dénommé Maher m'a appelée. Il voulait me voir. Je lui ai naturellement raccroché au nez lorsqu'il s'est présenté.

— C'est inouï, s'écrie Roussel. Ils sont décidément prêts à tout. Lessner ne s'est pas trompé : ils vont appeler tous ceux dont ils espèrent soutirer des informations contre moi. Même vous, ce qui est un comble. Et pourquoi pas mes enfants, tant qu'ils y sont…

— C'est déjà fait, lui confirme-t-elle. Mais sans succès non plus, comme vous l'imaginez. Voilà pourquoi j'ai préféré repousser leur venue…

— Que peuvent-ils espérer en allant jusque-là ? Que tout le monde finisse par me lâcher ? Y compris ma famille ?

— Soyez tranquille, au moins de ce côté-là, le rassure Héloïse, sa main effleurant la sienne, avec un sourire apaisant.

Touché par ce geste protecteur, Roussel n'a plus envie à présent que de demeurer là sans bouger, dans le seul abri où il puisse se sentir hors d'atteinte. En sécurité dans cette vie de couple qu'il se reproche d'avoir si souvent désertée pour céder à des tentations chimériques. Tout le reste lui paraît maintenant dérisoire : une fuite en avant, jusque dans la conquête et l'exercice du pouvoir. Un jeu vicié de toutes parts, comme ce déjeuner présidentiel du lendemain dont il informe Héloïse et auquel elle accepte naturellement de l'accompagner. Consciente comme lui de ce que signifie, dans ces circonstances, une telle invitation : la reprise des hostilités.

10

Déjeuner de chasse

« La différence entre un héros et un salaud est parfois ténue. Ça dépend du dénouement. » C'est à propos d'un adversaire commun que le chef de l'État a décoché un jour devant son Premier ministre cette flèche empoisonnée. Mais, à sa façon de le fixer du regard, Guillaume Roussel n'eut aucun mal à se persuader qu'elle lui était personnellement destinée.

Louis Moulins-Duthilleul distillait à toute heure le fiel et le venin avec une bonhommie désarmante, le plus redoutable dans sa bouche étant moins les critiques, rarement directes, que les compliments, souvent empreints d'une délicate férocité. « Il est parfait. Parfait en tout » : un de ses mots favoris pour résumer son opinion, en apparence flatteuse, sur tel membre du gouvernement dont il s'appliquait à vanter les mérites pour mieux souligner ses travers. De la même façon qu'il a toujours pris soin de saluer l'action de son Premier ministre sans jamais lui en reconnaître expressément le mérite.

Moulins-Duthilleul n'éprouve que mépris et ressentiment envers ce prétendant qu'il tient de longue date pour un usurpateur. Aversion d'autant plus implacable qu'elle ne s'exprime jamais ouvertement, formulée au compte-gouttes à travers des jugements à double sens, des sous-entendus subtils où l'hommage le dispute au sarcasme et la confiance à la suspicion. « Roussel vaut mieux que sa réputation, assure-t-il, l'œil en coin. On le dit arriviste, sans foi ni loi. C'est très injuste. Je suis bien placé pour le savoir. » À d'autres moments, il ne tarit pas d'éloges sur « sa loyauté, son intégrité, son sens de l'État. Des vertus qu'on ne lui reconnaît pas assez, feint-il de déplorer aussitôt après. Je me demande bien pourquoi ».

Entre les deux hommes, il n'y a pas seulement l'ombre de Paul Besset et celle de Pierre Beaupré, l'un trahi, l'autre éliminé par Guillaume Roussel dans des conditions dont Moulins-Duthilleul n'ignore aucun détail. Outre son opportunisme et ses méthodes expéditives, il a moins encore pardonné à ce « fringant jeune premier », comme il surnommait Roussel au début de sa carrière, d'avoir fait mentir ses prévisions.

Guillaume Roussel était bien le dernier à cette époque auquel il aurait prêté un « destin national ». Le chef de l'État s'en voulait d'avoir failli à son flair politique légendaire, en sous-estimant ses chances de succès. Il l'avait vu s'imposer, du jour au lendemain, à la tête d'une droite en pleine déconfiture, minée par ses divisions et ses déboires électoraux successifs. Un parti que Roussel avait non seulement sorti de l'ornière, mais aussi redressé avec une efficacité spectaculaire. Alors tout-puissant président du Sénat, Moulins-Duthilleul n'en avait pas moins conclu que ses amis centristes et lui restaient les mieux placés pour exercer le pouvoir, le moment venu. Il estimait n'avoir rien à craindre d'un rival qu'il jugeait peu crédible et facile à manœuvrer.

Le seul atout de Roussel à ses yeux, une autre raison pour lui de le haïr, tenait à leur différence d'âge. Moulins-Duthilleul était de plus de vingt ans son aîné, handicap intolérable qui ne faisait qu'attiser sa rancœur. Le temps jouait contre ce vétéran qui, les années passant, voyait s'éloigner son rêve d'accéder un jour à l'Élysée. Moulins-Duthilleul ne dut qu'à un hasard inespéré d'y parvenir enfin à soixante-treize ans : la mort soudaine, dans l'exercice de ses fonctions, du président socialiste en place. Devenu son successeur par intérim, il remporta l'élection haut la main quelques semaines plus tard, grâce à la large union qui s'était réalisée autour de lui et fort du soutien de Guillaume Roussel.

L'accord scellé avec la Droite populaire prévoyait pour celle-ci quelques portefeuilles-clés, dont le ministère de l'Intérieur que son leader s'était personnellement réservé. À cinquante ans, Roussel allait disposer des moyens adéquats pour devenir l'homme le plus puissant du gouvernement. C'est l'un des vieux fidèles du chef de l'État qui le dirigeait. Un apparatchik inconnu du grand public, Clovis Larestut, surnommé « le vice et la vertu » en raison de ses accointances avec certains milieux financiers.

À peine entré en fonctions, Roussel confia à ses services la mission d'enquêter à ce sujet. Trois ans plus tard, il détenait assez de preuves de l'affairisme du Premier ministre pour les divulguer en sous-main et contraindre Moulins-Duthilleul à le limoger en douceur. Le Président, dont l'autre protégé, Pierre Beaupré, s'était déjà vu disqualifier par les mêmes procédés, dut se résigner à faire appel au seul recours possible : le « funeste Guillaume Roussel », comme il le qualifiait en privé. C'est contre son gré qu'il lui confia les clefs de Matignon. Mais avec l'arrière-pensée de l'user à ce poste, qui lui serait probablement fatal quand il envisagerait de se présenter à l'élection présidentielle.

Moulins-Duthilleul, qui nourrit à plus de quatre-vingts ans l'espoir tenace de briguer un second mandat, s'est trompé là encore. Roussel, crédité d'un bon bilan à la tête du gouvernement, paraît imbattable quatre ans après sa nomination. Malgré une cohabitation exécrable, le Premier ministre interdisant à ses collaborateurs de traiter directement avec le Château et le chef de l'État chargeant les siens de torpiller en sous-main l'action du locataire de Matignon, ce dernier semble tout désigné pour assurer sa succession. On ne lui voit aucun concurrent susceptible d'entraver ses ambitions. Personne, si ce n'est son ennemi le plus coriace qui, du fait de son expérience et de sa longévité, s'estime seul capable d'y parvenir en ralliant ses adversaires de tous bords. « Si vous me laissez faire, leur glisse-t-il à l'oreille lorsqu'il les reçoit les uns après les autres à l'Élysée, je saurais bien, moi, comment lui barrer la route. » Une façon assez habile de tirer parti de son âge, présenté comme un moindre mal face au « fléau » qui menace selon lui le pays.

Flairant le danger, Roussel entreprend alors de riposter à sa manière. Il orchestre, par médias interposés, des rumeurs tenaces sur l'état de santé du président sortant, sa lucidité à éclipses, ses pertes de mémoire récurrentes, sa capacité de plus en plus hasardeuse à diriger le pays. Jusqu'à ce que Moulins-Duthilleul, pris au dépourvu et lâché par une partie des siens, finisse par abdiquer, en se déclarant « outré » qu'on ait pu lui prêter l'intention de solliciter de nouveau la confiance des électeurs. « L'invention de quelqu'un qui me veut sans doute du bien », raille-t-il auprès des derniers journalistes à s'intéresser encore à lui. Mais à la manière dont le vieil homme se félicite de la victoire annoncée de Guillaume Roussel, on comprend que rien n'est joué dans son esprit. Et qu'il n'a pas renoncé à inverser le cours des choses, fut-ce par des procédés inavouables.

Roussel estime aujourd'hui qu'il s'est montré présomptueux en quittant prématurément Matignon afin de mener campagne. On ne délaisse pas une forteresse dont on est le seul à posséder les clés. « Le Vieux ne souhaite pas que je parte, expliquait-il autour de lui, mais c'est pour mieux me noyer. » Il avait commis une autre imprudence en ne voyant dans le choix de son remplaçant qu'une simple formalité. C'est l'un des membres de son gouvernement les moins en vue, Claude Anselme, le ministre de la Fonction publique, un proche du chef de l'État, qui a été chargé de « régler les affaires courantes ». Roussel se sentait en position dominante. Il n'avait pas vu dans cette passation de pouvoirs une raison sérieuse de s'inquiéter. C'était pourtant laisser le champ libre pendant quelques mois à celui qui, à la tête de l'Exécutif, détiendrait tous les moyens de lui nuire...

Il lui suffirait pour cela d'ouvrir une brèche dans le mur de respectabilité que Roussel s'était construit depuis son entrée en politique. Une faille qui laisserait entrevoir la fausseté de l'ensemble. À commencer par les tromperies sur sa vie privée, ce mariage arrangé, ce rôle de père de famille édifié pour la bonne cause, cette exaltation d'une moralité exigeante dont Guillaume Roussel a fait son fonds de commerce électoral...

— Vous le soupçonnez, sans doute à juste titre, d'avoir tout manigancé. Mais comment pourriez-vous le prouver ? On veille dans ces cas-là à ne jamais laisser de traces... Vous êtes bien placé pour le savoir.

Roussel a failli mal réagir, la veille au soir, à cette remarque de sa femme qui le renvoyait sans ménagement à ses propres méfaits. Mais il a préféré faire profil bas, admettre qu'il en était, en effet, réduit à de simples suspicions, sans revenir sur des agissements du même genre dont il fut l'instigateur. Héloïse a suivi de près la façon dont il s'est débarrassé de ses principaux rivaux, puis ingénié à torpiller le projet de nouvelle candidature de Moulins-Duthilleul. Exécutions en série qui l'ont d'autant moins choquée qu'elles font partie intégrante à ses yeux des mœurs politiques. Rien d'étonnant non plus, ni même d'anormal que son mari en soit victime à son tour.

— Que suggérez-vous que je fasse ? lui a-t-il seulement rétorqué. Me comporter avec lui demain, quand nous serons face à face, comme si je n'avais aucune raison de le suspecter ?

— Ce serait en tout cas la meilleure façon de le mettre dans l'embarras, lui a répondu Héloïse. Sous peine de se dévoiler, il n'aura pas d'autre choix que de vous renouveler publiquement son soutien. Par une déclaration commune publiée à l'issue du déjeuner.

— Il s'empressera d'accepter, cette déclaration doit être déjà prête. Elle lui permettra de se dédouaner à bon compte.

— Peu importe. L'essentiel est ce qu'en retiendra l'opinion. Vous en sortirez renforcé vis-à-vis de vos électeurs.

Il a pensé en l'écoutant qu'Héloïse sous-estimait, faute de vraiment les connaître, les raisons qu'il a de s'inquiéter. Mais en serait-elle informée qu'elle ferait comme si elle les ignorait. Au nom du principe, devenu sa philosophie de vie, que les choses n'existent qu'à proportion de l'importance qu'on leur prête. Seul compte pour Héloïse d'atteindre le but qu'ils se sont fixé. Une détermination que Roussel éprouve d'autant plus fortement qu'il se sent, pour la première fois de sa carrière, démuni, flottant, désemparé.

Blessure d'orgueil de se découvrir vulnérable, à la merci de ceux sur qui il a toujours exercé son emprise en exploitant leurs faiblesses ? C'est tout juste s'il ne trouve pas scandaleux de voir ses adversaires utiliser contre lui les mêmes armes, la calomnie, le mensonge, la ruse, la manipulation, dont il s'est toujours servi à leurs dépens sans le moindre scrupule. Un Moulins-Duthilleul ne saurait pourtant faire pire que lui dans ce domaine. Roussel possède même une expérience en la matière que le « Vieux » pourrait lui envier. Héloïse n'a pas eu tort, estime-t-il à présent, de lui rappeler cet avantage.

Le couple a prévu de partir assez tôt dans la matinée pour prendre de court les journalistes postés dans les parages. Tous probablement déjà informés de l'événement politique du jour, l'Élysée ayant tout intérêt, selon Roussel, à le faire connaître. Son premier réflexe, en se levant, est d'écouter les commentaires sur les radios et les chaînes de télévision. Curieusement, le sujet n'est évoqué nulle part. Pas un mot sur son déjeuner avec le Président. Surpris, Roussel se dit qu'on a dû préférer, « en haut lieu », ne l'annoncer qu'au dernier moment.

Héloïse se montre tout de suite plus circonspecte, quand il lui en parle à peine descendue de sa chambre. Elle flaire une possible manœuvre du chef de l'État :

— Contrairement à ce que vous pensez, l'intérêt de Moulins-Duthilleul n'est peut-être pas de le faire savoir. Mais de laisser penser que c'est vous qui auriez sollicité ce déjeuner en désespoir de cause. Lui se contentant de vous l'accorder… par charité chrétienne, en quelque sorte. Ce serait d'une habileté assez diabolique de vous placer en situation de demandeur. Il prouverait ainsi que vous avez besoin de lui et se donnerait le beau rôle en apparaissant comme votre seul recours. Ce serait sa meilleure façon de s'exonérer de toute autre responsabilité dans cette affaire… Voilà pourquoi vous devez le piéger à votre tour en lui proposant, à la fin du repas, de cosigner un communiqué qui célébrera votre bonne entente. Il ne pourra pas le refuser. Vous n'aurez plus qu'à le remercier publiquement, par la suite, de son invitation…

Roussel lance à sa femme un regard admiratif :

— C'est vous qui auriez dû faire de la politique. Pas moi !

— Il est un peu tard pour vous en apercevoir, s'amuse-t-elle.

Roussel se réjouit de ce moment de complicité retrouvée. Il en est d'autant plus heureux qu'Héloïse a pris la décision de rentrer avec lui à Paris, une fois le déjeuner terminé, et de l'accompagner jusqu'à la fin de sa campagne.

En temps normal, il ne voyait pas toujours la nécessité de s'afficher avec elle. Encore moins de faire vie commune dans le même appartement. Héloïse n'y tenait pas plus que lui. Elle réservait ses séjours dans la capitale, quand son mari officiait place Beauvau puis à Matignon, à des cérémonies ou dîners officiels auxquels sa présence était jugée indispensable, peu férue des mondanités parisiennes qu'elle désertait le plus souvent. Et elle limitait ses venues en période électorale à des réunions publiques et privées où ses rares prises de parole et sa seule apparition suffisaient à rassurer cette frange de l'électorat conservateur qui s'identifiait à elle plus encore qu'à son époux.

Roussel a beau se réclamer des valeurs d'une droite rigide et puritaine, son épouse inspire davantage confiance par ses origines et sa personnalité. On la respecte et l'estime autant qu'on la craint dans la classe politique, y compris parmi les pires détracteurs de son mari. Moulins-Duthilleul, en particulier, prend toujours un malin plaisir à louer son sens politique et son intégrité morale. L'air de regretter que ces qualités ne soient pas mieux partagées autour d'elle…

— Il est temps d'aller se préparer. N'oubliez pas que nous devons produire la meilleure impression, insiste Héloïse en se levant, avec cet humour pince-sans-rire qui n'a jamais tant plu à son mari après l'avoir si souvent déconcerté.

Sur le point de s'absenter pour plusieurs semaines, elle doit, avant son départ, régler diverses questions d'intendance, donner ses instructions au couple de gardiens qui veille sur les affaires du domaine, à l'employé qui s'occupe des chevaux et à la petite équipe de jardiniers chargée de l'entretien du parc. Puis ranger dans sa valise ce qu'elle appelle ses « tenues de combat », les vêtements passe-partout qui lui sont les plus utiles en période de campagne électorale. Elle met, en revanche, un soin particulier à choisir sa toilette du jour : un tailleur en tweed rose et gris et des escarpins vernis noirs.

— Nous sommes à la hauteur de l'événement ! s'exclame-t-elle en apercevant son conjoint qui l'attend dans le salon, en costume de ville bleu sombre, cravate à pois mauve avec pochette assortie.

C'est la première fois que le couple est invité à Souzy-la-Briche, dans la plus secrète des résidences présidentielles, très prisée par l'actuel chef de l'État qui va s'y réfugier plusieurs week-ends chaque année, seul ou avec son épouse. Moins exposé que Brégançon, Marly ou Rambouillet, ce petit château blotti au cœur d'un village discret de l'Essonne, à moins d'une heure de Paris, protégé par les hauts murs qui entourent la propriété, est conçu pour abriter quelques intimes. Des invités triés sur le volet dont les Roussel n'ont jamais fait partie jusque-là. « Nous ne sommes pas de leur monde… Ils ne nous jugent pas assez convenables », ironisait alors le Premier ministre. Non sans rappeler que le chef de l'État et sa femme avaient été reçus, quant à eux, au moins une fois à Lucé, dans… « un vrai château de famille ».

Pourquoi Moulins-Duthilleul a-t-il attendu ce moment précis pour les y convier ? Roussel ne s'illusionnait pas sur la signification d'un geste aussi inhabituel. Il achève d'être fixé, une fois constaté en cours de route qu'aucun journaliste ne l'a encore appelé à ce propos. Les seuls à l'avoir joint sur son portable se sont bornés à l'interroger sur les suites de sa campagne et celles de son « affaire ». Roussel entrevoit à présent une autre explication au silence de l'Élysée : une volonté de l'humilier en donnant à ce déjeuner un caractère strictement confidentiel. Le lieu n'a pas été choisi par hasard. Moulins-Duthilleul ne pouvait faire moins, dans un pareil contexte, que de se manifester auprès de son successeur à ce jour le plus plausible. Mais de manière officieuse ou informelle, dans un endroit peu familier des médias et sans réelle portée symbolique. Une de ces marques d'attention qui n'engagent à rien.

Les Roussel sont édifiés, dès leur arrivée à destination, à la seule vue du couple présidentiel sorti pour les accueillir sur le perron du château. Tous deux en tenue de campagne. Lui, sans cravate, en pantalon de toile, chemise à col ouvert sous un simple blouson. Elle, dans une robe en jersey gris et bottines aux pieds.

Roussel décèle d'emblée quelque chose de faux derrière cet aspect décontracté, inhabituel chez le Président et sa femme. Une parodie destinée, de toute évidence, à banaliser cette séquence. Héloïse et lui, habillés comme pour un repas officiel, ont l'air, en sortant de leur voiture, de s'être trompés de lieu et de cérémonie. Moulins-Duthilleul le leur fait aussitôt remarquer, l'œil goguenard, après avoir consenti à descendre une marche pour s'avancer vers eux :

— Désolés de vous recevoir, chers amis, d'une façon aussi négligée. Mais nous étions convenus de nous retrouver « en famille »... Vous êtes tous les deux d'une élégance digne d'une réception à l'Élysée. Tandis que nous...

— Merci de cette invitation qui nous a beaucoup touchés, Héloïse et moi, enchaîne Roussel en se penchant vers son hôte resté juché sur les avant-dernières marches du perron, le dos raide, la silhouette cambrée, comme pour mieux se hisser à sa hauteur.

Roussel n'ignore pas qu'une des moqueries préférées de Moulins-Duthilleul à son endroit est de le dire « grand… surtout par la taille ! ». Il a veillé cette fois, en s'approchant, à ne pas lui donner l'impression de trop le dominer. Mais c'est la même répulsion qui le saisit devant ce petit couple malingre, ranci d'aigreur et de méchanceté. « Un ménage de criquets », comme il les dépeint de son côté, sans craindre que cette amabilité leur soit à eux aussi répétée.

Tout chez elle, sous ses allures sèches de dame d'œuvre, paraît suranné et comme éteint, la peau diaphane, le cou et les bras squelettiques, avec une façon presque inquiétante de grignoter chaque mot du bout des dents, la pupille en permanence aux aguets. Et tout chez lui, le faciès pointu, la tête rentrée dans les épaules, le regard dardé, le phrasé à la fois onctueux et coupant, n'est qu'autorité faussement placide, malice et méfiance conjuguées. Roussel, qui a toujours su qu'il avait affaire en Moulins-Duthilleul au diable en personne, n'est pas davantage rassuré en voyant son épouse. Au point de se demander lequel des deux serait, en réalité, le mauvais génie de l'autre.

Moulins-Duthilleul leur propose de faire, avant le repas, le « tour du propriétaire », formule qui, dans sa bouche, semble revêtir une signification plus générale. Il commence par la visite de la chapelle gothique attenante au château. Elle fut léguée à la République, leur raconte-t-il, comme le reste de la demeure, par un banquier et sa femme, avec pour seule obligation d'y entretenir la sépulture du couple ainsi que celle de « Poppy », leur chien favori. Puis il entraîne ses invités dans les allées du parc, un espace de plusieurs hectares traversé par une rivière nommée la Renarde. Moulins-Duthilleul articule ce mot avec une telle volupté que son ancien Premier ministre ne peut éviter d'en sourire :

— Un nom de rêve ! Je parie que c'est vous, monsieur le Président, qui l'avez inventé.

— On ne prête qu'aux riches, c'est ce que vous voulez dire, réplique Martin-Duthilleul, apparemment d'humeur à plaisanter lui aussi.

Le chef de l'État tient encore à leur montrer le tennis qu'il a récemment fait construire. Il s'y rend chaque matin pour frapper quelques balles avec ses gardes du corps. Afin de s'entretenir, précise-t-il, en guettant du coin de l'œil la réaction de son invité :

— À mon âge, on dégringole très vite sans faire un peu d'exercice. Une discipline qu'il faut s'imposer, faute de quoi… ajoute-t-il sans finir sa phrase, en mimant l'air hagard et la démarche affaissée des grands vieillards.

— Vous êtes pour nous tous un exemple de volonté et d'énergie, monsieur le Président, lui glisse Héloïse d'une voix admirative.

— Venant de vous, ce compliment me touche plus que je ne saurais le dire, la remercie Moulins-Duthilleul, toujours soucieux de marquer, devant son mari, l'estime qu'il lui porte.

Puis il leur fait visiter une ferme intégrée au domaine, poussant jusqu'aux communs qui servent à loger le personnel, avant d'emprunter au retour un chemin plus long qu'à l'aller, comme pour différer d'autant le moment d'aborder des préoccupations plus sérieuses. Moulins-Duthilleul n'est pas pressé. Il n'en finit pas de traîner en route, de s'extasier sur la beauté des arbres, la pureté du ciel, la douceur du temps, en prenant un plaisir manifeste à prolonger ces préliminaires.

— Connaissant vos goûts, nous vous avons préparé un déjeuner de chasse, annonce le Président au moment de convier ses invités à prendre place dans la vaste salle à manger aménagée au rez-de-chaussée du château. Je vous sais grand amateur de gibier, ajoute-t-il en se tournant vers Roussel, l'air soucieux de lui être agréable.

Roussel et son épouse, après s'être brièvement consultés du regard, font mine d'être sensibles à tant d'amabilité. Sans être dupes de ce que cache un tel excès de prévenances.

Au menu : un assortiment de terrines de canard, de chevreuil et de faisan, suivi d'un cuissot de sanglier en plat principal. Le tout, tient à souligner Moulins-Duthilleul, « en provenance des chasses présidentielles ». Le chef de l'État, qui a toujours eu en horreur ce genre de pratiques, se flatte de n'y avoir jamais trempé, contrairement à certains de ses prédécesseurs et à son… ex-Premier ministre. C'est à la demande de Guillaume Roussel, comme il ne manque jamais de le rappeler, qu'il a maintenu ces « chasses réservées » dans les domaines de Chambord et de Rambouillet. Son « vif désir » était de les interdire, lui qui ne voyait que « barbarie d'un autre âge » dans ce cérémonial sanguinaire. Moulins-Duthilleul se déclarait indigné de ce « carnage », là où Roussel s'avouait de son côté « fasciné » par le spectacle des tableaux de chasse auxquels il lui arrivait d'assister quand, à la nuit tombée, les hommes se regroupent en arc de cercle autour d'un amoncellement de dépouilles, leur butin de la journée.

Le Président s'était fait raconter, un jour, par cette « fine gâchette », autre surnom parmi tous ceux dont il affuble son Premier ministre, ces scènes d'abattage en série dont Roussel paraissait si friand. S'étonnant de la jouissance qu'elles semblaient lui procurer, Moulins-Duthilleul avait conclu, avec une moue de dégoût mêlée de perfidie :

— Il faudra, Roussel, que vous m'expliquiez une autre fois, quand nous en aurons le temps, l'intérêt de ces jeux de massacre et cet étrange plaisir qu'on y prend, de surcroît, à déguster ses victimes. La politique ne vous suffit pas ?

Roussel n'a pas réagi, ce jour-là, à une réflexion aussi insidieuse. C'est elle, laissée en suspens, qui a sans doute inspiré ce « déjeuner de chasse » concocté à dessein par le couple présidentiel. Il feint de n'y voir aucun rapport avec son affaire. Il se réjouit, au contraire, d'une telle occasion, pour sa femme et lui, de savourer leurs plats préférés. Mais quand Moulins-Duthilleul tente de l'entraîner sur le même sujet, en lui demandant d'un ton faussement candide s'il existe selon lui « un art de tuer », à la chasse comme en politique, Roussel élude de nouveau sa question.

— À la chasse, on sait au moins d'où partent les coups, se borne-t-il à répondre.

— En politique, c'est rarement le cas, en effet, admet le Président. Je ne vous le fais pas dire…

Héloïse, qui s'est tue depuis le début du repas, interrompt cet échange à fleurets mouchetés. Elle s'adresse directement à Moulins-Duthilleul, assis à côté d'elle. Évoquant les accusations « indignes » portées contre son mari, elle lui dit que seul le chef de l'État détient l'autorité suffisante pour rétablir la vérité :

— Une parole de vous, monsieur le Président, aurait un impact salutaire…

— Vous me prêtez, chère amie, plus de pouvoir que je n'en ai vraiment, surtout dans ce genre de situation, lui répond son voisin de table en se penchant vers elle, la mine contrite, plein d'une fausse humilité. Tout ce que je pourrais dire ne ferait qu'envenimer les choses… Mon rôle n'est pas de donner de l'importance à celles qui n'en ont pas.

Roussel, qui ne le quitte pas des yeux, le voit se raidir brusquement, la tête dressée comme celle d'un reptile qui se prépare à attaquer ou se défendre, quand Héloïse émet cette suggestion :

— Sans évoquer l'affaire proprement dite, on pourrait au moins, propose-t-elle, informer l'opinion, par un simple communiqué de presse, de ce déjeuner, même s'il n'a rien d'officiel… L'initiative ne peut venir que de vous, monsieur le Président.

— À quoi bon ? réplique Martin-Duthilleul. Cette invitation ne visait à rien d'autre qu'à vous témoigner, ma femme et moi, notre amitié. Elle ne doit se prêter à aucune exploitation politique. Ce serait malséant… Pour la suite, c'est à voir, laisse-t-il tomber avec une froideur assassine.

En entendant cette dernière phrase, les Roussel se sont regardés, figés de stupéfaction. Héloïse surtout, qui n'avait pas encore mesuré, semble-t-il, toute la duplicité du chef de l'État, moins facile à manœuvrer qu'elle ne le pensait. Ils savent désormais qu'il n'y a aucun soutien à espérer de l'Élysée. Derrière cette formule « Pour la suite, c'est à voir », il y a plus qu'un aveu de défiance : la marque d'une suspicion qui ne demande qu'à être vérifiée.

Moulins-Duthilleul n'en reste pas là. Il a choisi de garder le meilleur pour la fin, attendant le moment de les raccompagner avant de leur révéler le rôle joué dans l'ombre par deux « amis communs », Antoine Jelloul et Sybille Royer, dans l'organisation du déjeuner. Il savoure l'effet de surprise provoqué par cette nouvelle sur son ancien Premier ministre qui feint devant lui de ne pas en prendre ombrage.

Roussel s'étonne seulement que ces deux intermédiaires aient pu agir sans le prévenir de leur initiative. « Tout cela partait chez eux d'une bonne intention, les défend Moulins-Duthilleul. Celle de pacifier nos relations… Comme si elles en avaient besoin ! », ajoute-t-il en prenant le bras de son ex-Premier ministre. Un geste familier qui pourrait presque passer pour un signe d'apaisement.

11

Un ami encombrant

Parmi les personnalités de toutes sortes qui « comptent à Paris », les journalistes et patrons de presse sont les seuls que « Monsieur Antoine » ne reçoit jamais à sa table. Une question de principe. Officiellement il n'en connaît aucun et met un point d'honneur à ne pas les fréquenter. Du moins ne l'a-t-on jamais surpris en train de déjeuner ou dîner en public avec l'un d'entre eux. Il se borne à les saluer quand ils viennent se présenter à lui dans l'espoir d'établir un contact. Il s'en tient à quelques civilités, la seule marque d'intérêt qu'il accepte de leur concéder. Pour une raison simple, édictée par lui une fois pour toutes : « Si ces prédateurs ont besoin de moi, ils ne me sont quant à eux d'aucune utilité. »

En termes de services rendus, il lui suffit de pouvoir compter sur deux ou trois correspondants attitrés. Quand il lui arrive de les rencontrer avec toute la discrétion requise, c'est toujours à son domicile du 56 rue Pierre-Charron, proche des Champs-Élysées. Jamais en dehors, et le dimanche matin de préférence. Ces « hommes de confiance », éprouvés de longue date, figurent parmi les meilleurs enquêteurs de la faune journalistique.

« Monsieur Antoine » leur communique des informations de première main, voire certains dossiers, des documents accablants sur des personnalités politiques mêlées à des scandales financiers ou des affaires de mœurs qu'il juge nécessaire de révéler au grand jour. Il leur apporte son concours à la condition, bien entendu, que rien ne laisse transparaître la provenance des renseignements fournis. Si bien que personne n'a jamais pu démontrer le rôle précis joué par Jelloul dans l'élimination d'un candidat ou la mise à l'écart subite de certains membres du gouvernement. « Monsieur Antoine » n'était pas fâché qu'on le suspecte d'en être l'instigateur, signe d'une influence qu'il valait mieux ne pas sous-estimer. Mais sans sortir de cet incognito qui garantit sa liberté d'action.

Guillaume Roussel, l'un des rares qu'il ait mis dans la confidence, connaît d'autant mieux l'existence de ces intermédiaires que son ami Jelloul les a souvent utilisés à son profit. Il a toujours évité, pour sa part, de les voir directement, laissant son protecteur opérer à sa place. Roussel se contentait d'apprécier à distance leurs talents d'investigateurs. C'est sous la signature de l'un de ces enquêteurs bien informés qu'a paru l'enquête sur Clovis Larestut qui provoqua son éviction de Matignon. Avant que leur concurrent, Norbert Pablo, se charge du sort de Pierre Beaupré, par la seule entremise cette fois de Guillaume Roussel.

Silencieux depuis le début de l'affaire, les correspondants habituels de « Monsieur Antoine » semblent d'autant plus embarrassés que leur informateur s'y trouve lui-même impliqué. Eux qui ont toujours respecté sa consigne de ne jamais citer son nom, comment pourraient-ils éviter dans ce cas précis de le signaler ? À moins de le faire avec son consentement et dans son propre intérêt…

Le lendemain de son retour à Paris, Guillaume Roussel découvre, sous la plume de l'un des familiers d'Antoine Jelloul, un article relatant l'audition de l'homme d'affaires par la police judiciaire. Ce n'est pas le seul journaliste, naturellement, à évoquer cette convocation dans la presse du jour. Mais celui-ci, avec l'avantage manifeste sur ses confrères d'être le mieux renseigné de tous. Il ne fait aucun doute pour Roussel qu'il a bénéficié de confidences exclusives, lesquelles transparaissent assez clairement entre les lignes, même s'il n'y est fait mention d'aucun témoignage direct.

L'article, illustré par une photographie récente de l'homme d'affaires, présente Antoine Jelloul, « personnage de l'ombre, inconnu du grand public », comme « un notoire bienfaiteur de la droite, aux réseaux multiples et très étendus à travers plusieurs continents, notamment africain ». Il compte « à ce titre » parmi les proches de Guillaume Roussel, « auquel il prodigue de longue date ses conseils et son soutien. Il lui a donné très tôt les moyens de son ambition », rapporte le journaliste. Ce qui explique, souligne-t-il, sa présence à ses côtés sur le cliché où apparaît le jeune Marocain assassiné. Interrogé par la PJ sur les liens que les deux hommes auraient pu entretenir avec cet escort-boy bien connu, Antoine Jelloul a démenti à son tour tout lien avec le dénommé Fouad Layannah, leur proximité ce soir-là ayant été, selon lui, « purement fortuite et sans lendemain ».

Selon l'auteur du papier, Antoine Jelloul aurait avoué en revanche « ne pas s'expliquer pourquoi le nom de Roussel figure sur la liste des présumés amis de la victime, révélée après sa mort. Convaincu de son innocence et n'ayant aucune raison de douter de lui, Antoine Jelloul juge crédible la thèse d'un coup monté. Mais sans voir qui y aurait vraiment intérêt. En tout cas pas l'Élysée, comme d'aucuns pourraient le penser. La preuve en est, conclut perfidement le journaliste, que le chef de l'État a accepté d'inviter, à sa demande expresse, son ancien Premier ministre à déjeuner dans sa résidence de Souzy-la-Briche, où il ne reçoit que ses proches ».

Levé tôt, après s'être réveillé à plusieurs reprises, incapable de trouver le sommeil à force de ressasser les mêmes idées noires, Roussel a d'abord laissé de côté la pile de journaux que son chauffeur est venu lui déposer. Mais à peine a-t-il remarqué, à la une d'un grand quotidien, une accroche associant son nom à celui d'Antoine Jelloul qu'il s'est précipité sur l'article en question. Désarmé, après l'avoir lu, en se sentant lâché, trahi par celui qui connaît à peu près tout de sa vie.

« Pourquoi a-t-il fait ça ? Est-ce ce qu'il appelle guérir le mal par le mal ? », s'interroge Roussel en se souvenant de leur dernier entretien au Bristol qui ne l'avait pas rassuré.

Non content d'insinuer que l'ex-Premier ministre aurait pu avoir des liens particuliers avec le jeune Marocain, Jelloul croit bon d'exonérer l'Élysée, et le chef de l'État, de toute implication dans cette affaire. Il y a pire pour Roussel, lui qui s'est toujours érigé en modèle d'intégrité : se voir désigné publiquement comme le bénéficiaire de financements occultes. Bref, un possible corrompu... Il repense à la phrase de Lessner : « Le sexe et l'argent, les ingrédients habituels des scandales politiques. » Les deux, à son sujet, sont désormais réunis.

Héloïse s'est toujours méfiée d'Antoine Jelloul, le jugeant nocif tout en comprenant son utilité – « un mal nécessaire », a-t-elle un jour résumé. Elle ne paraît guère étonnée lorsque son mari lui apprend la nouvelle un peu plus tard dans la matinée. Déjà prête pour la journée, après s'être fait servir le petit déjeuner dans sa chambre, elle ne jette qu'un œil distrait au journal qu'il lui tend, à peine arrivée dans le salon.

— Votre ami cherche à se couvrir, voilà tout. Un classique du genre, estime-t-elle. C'était assez prévisible. À quoi d'autre pouviez-vous vous attendre ?

Elle lui déconseille d'appeler Jelloul comme il se préparait à le faire pour exiger une explication :

— Il ne vous répondra pas de toutes façons. Ou prétextera qu'il a interdiction de vous parler sur ordre de la police ou de la justice, compte tenu de l'enquête en cours… Le mieux est de le laisser vous recontacter au cas où… Ce qui semble peu probable dans l'immédiat.

— S'il agit de la sorte, c'est qu'il pense que je suis perdu… Mais il se trompe, s'exclame Roussel. Je gagnerai cette élection quoi qu'il arrive !

Il s'efforce de faire bonne figure devant son épouse, conscient de devoir plus que jamais simuler ce personnage factice, conçu et programmé par elle, Jelloul et quelques autres pour la conquête du pouvoir. Ce n'est pas sa personne qui importe, mais ce qu'il représente. Les espoirs que ses proches et des millions de gens avec eux placent en lui avec une confiance qu'il n'a pas le droit de décevoir.

En trente ans de vie politique, Guillaume Roussel n'a perdu aucun de ses combats, il est vrai, et tout le destine à remporter la prochaine manche, la seule qui compte dans une carrière comme la sienne. Il s'en veut à présent d'avoir paru vaciller, céder à des moments de désarroi, presque de panique. Des signes de faiblesse contraires à l'image de solidité qu'il s'est évertué à construire. Ils ne sont que quelques-uns, Jelloul plus que tout autre, à connaître la fragilité de l'armure, et c'est de se sentir à leur merci qui lui est maintenant insupportable.

À moins d'un mois et demi du premier tour de l'élection présidentielle, il se déclare résolu à « frapper fort, à rendre coup pour coup ». Il lui faut agir vite, explique-t-il à Héloïse, et prendre des décisions radicales afin que ses troupes restent mobilisées. Éviter surtout qu'elles se laissent contaminer par des rumeurs et des soupçons qui risquent de le discréditer à leurs yeux. Ni la plainte déposée contre ses accusateurs, ni son intervention télévisée pourtant jugée convaincante n'ont permis de les dissiper. Les mêmes menaces subsistent, relancées par ses détracteurs et attisées en sous-main par tout ce qu'il a d'ennemis réels ou masqués dans son propre camp.

Le plus urgent est de s'assurer de la loyauté de ses plus proches conseillers, en tranchant dans le vif si nécessaire. Héloïse est d'avis, elle aussi, de se séparer sans délai de Sybille Royer. Roussel a toutes raisons désormais de penser que sa conseillère joue contre lui. Le fait qu'elle ait eu partie liée avec Antoine Jelloul pour organiser en secret un présumé déjeuner de réconciliation avec Moulins-Duthilleul a achevé de l'en convaincre. Roussel lui reproche d'autant plus cette initiative qu'elle s'est soldée par un échec. Il se dit qu'il l'a trop longtemps laissé faire, connaissant précisément ses liens avec la présidence.

L'affaire se règle depuis son appartement, en milieu de matinée, par un simple coup de téléphone. Héloïse lui a recommandé de recevoir l'intéressée afin de lui expliquer sa décision. Mais il a jugé ces précautions superflues, pour s'en tenir à son seul objectif : reprendre en main sa campagne et s'entourer d'alliés sûrs.

L'échange avec « la Souveraine » n'excède pas cinq minutes.

— Vous auriez dû me prévenir, lui déclare Roussel d'une voix glaciale. Ma femme et moi avons eu l'impression de tomber dans un véritable traquenard… Tout cela pour se voir refuser le moindre appui. Vous connaissez trop bien le Président pour ne pas savoir à quoi vous attendre. Il n'a qu'une obsession en tête : se représenter à tout prix, garder le pouvoir jusque sur son lit de mort. Pourquoi voulez-vous qu'il me tende la main ? Sinon pour me lâcher dans le vide au moment opportun…

— Que vous le croyiez ou non, mon but, en suggérant au Président de vous recevoir dans un lieu approprié, n'était pas de nuire à vos intérêts, se défend sa chargée de communication d'un ton calme et détaché. Pourquoi l'aurais-je fait ? Il s'agissait dans mon esprit de tenter un dernier rapprochement. Ma conviction, c'est que vous ne gagnerez pas sans lui. Le Président sait que son temps est passé, vous faites fausse route en pensant qu'il cherche à se maintenir en place… Mais vous ne l'avez pas beaucoup ménagé ces derniers temps et il a horreur qu'on lui fasse comprendre qu'il a déjà un pied dans la tombe, sinon les deux…

— Je ne vous paie pas pour m'expliquer la psychologie d'un vieillard en phase terminale, la coupe Roussel avec une dureté dont il n'a jamais usé envers elle. La seule question qui se pose est de savoir de quel côté vous êtes. Le sien ou le mien. Vous ne pouvez pas jouer sur tous les fronts à la fois. Or, c'est ce que vous avez fait et continuerez de faire probablement.

— Si je comprends bien, vous exigez de moi que je sacrifie une amitié de très longue date pour vous prouver ma loyauté, alors que je suis tout entière à votre service, lui répond Sybille Royer sans hausser le ton, avec une courtoisie distante. Dans ce cas, mieux vaut que nous en restions là, en effet.

— Dont acte, tranche Roussel. Je vous propose un divorce à l'amiable. Mais vous ferez comme il vous plaira…

— Un divorce reste un divorce, monsieur le Premier ministre, conclut son interlocutrice avant de raccrocher.

La nouvelle du limogeage de Sybille Royer est déjà connue quand le candidat arrive, en fin de matinée, à son QG de campagne. C'est elle qui s'est chargée de l'annoncer avant de quitter précipitamment les lieux, le visage fermé, ses dossiers sous le bras. Roussel a beau évacuer le sujet d'un geste de la main en parlant d'un « simple incident de parcours », il ne parvient pas à dissiper le malaise provoqué par ce départ subit. Dès qu'ils l'ont appris, ses autres collaborateurs se sont réfugiés dans leur bureau. La mine désemparée, comme s'ils s'attendaient à être évincés à leur tour.

Roussel fait comme s'il n'était au courant de rien lors de la réunion de son état-major. Il affiche une humeur de soir de victoire, entouré de Pierre Servier toujours présent et qui ne dit mot, le regard ailleurs, et de son « second », Ludovic Jussieu, le sourire encore confiant mais l'air un peu perdu.

Roussel passe en revue son calendrier de la semaine : une nouvelle campagne d'affichage, deux déplacements, l'un en banlieue parisienne, l'autre en Bretagne, et un dîner-débat avec des chefs d'entreprise. Perspective qui l'enchante, déclare-t-il : « J'ai hâte de retrouver le contact avec les vrais gens. Il me manque. Le reste n'est que péripéties sans importance. Plus on m'attaque et plus je suis en forme, comme vous voyez », s'exclame Roussel en riant, les poings sur la table. Mais sans réussir à évacuer les doutes et les interrogations qui se lisent sur la plupart des visages autour de lui.

Chacun n'a en tête, semble-t-il, que les insinuations de son ami Jelloul et sa rupture inattendue avec Sybille Royer. Même ses partisans les plus radicaux paraissent troublés par cette suite de turbulences et pressés d'être rassurés pour la suite. En fin de séance, Ludovic Jussieu prend la parole pour lui demander de rencontrer « au plus vite » les élus de son groupe à l'Assemblée. « Ils ont besoin de vous entendre. Vous devez absolument leur parler », insiste le jeune député. « Je les verrai, bien sûr », promet négligemment Roussel, avant de conclure avec un grand sourire : « Ne vous inquiétez pas, j'ai la situation bien en main. »

Il s'éclipse aussitôt après pour aller répondre, depuis son bureau, à un appel réitéré d'Édouard Lessner. L'avocat, sur le point d'entrer en salle d'audience, s'isole un moment afin de s'entretenir avec lui.

— Décidément, votre ami Jelloul devient bien encombrant, maugrée Lessner en se raclant la gorge.

Pensant qu'il fait allusion à l'article du matin, Roussel s'efforce d'en minimiser les conséquences. Il estime que Jelloul a voulu « faire le fanfaron », mais qu'il se gardera bien d'aller plus loin, sous peine de se trahir lui-même.

— Détrompez-vous, lui rétorque Lessner à voix basse. J'ignore pour quelles raisons il cherche à vous nuire, mais il vient de récidiver. Le même journaliste qu'il a utilisé contre vous s'apprête, je le sais de source sûre, à sortir une deuxième information, cette fois plus gênante, sur les cadeaux dont Jelloul vous aurait fait profiter.

— C'est ahurissant, s'écrie Roussel. Il ne m'a jamais rien offert de particulier. Ces procédés sont scandaleux…

— Le journaliste en question, poursuit Lessner, raconte une scène dont il dit avoir été le témoin dans un grand restaurant étoilé. Vous déjeuniez à une table voisine en tête à tête avec Jelloul. Ce dernier avait commandé les meilleurs vins et les plats les plus chers. Et au moment de l'addition, qui s'élevait à plusieurs milliers d'euros, le journaliste a vu Jelloul sortir de son portefeuille des liasses de billets qu'il a posées ostensiblement sur la table. Vous l'auriez regardé faire sans manifester la moindre gêne, preuve qu'il s'agissait d'une vieille habitude entre vous.

Roussel, le souffle coupé, marque un temps de silence, comme s'il cherchait ses mots avant de réagir :

— C'est scandaleux, répète-t-il. Et Jelloul a dû confirmer tout cela, j'imagine ?

— Bien sûr, le journaliste le cite disant, d'après ce que je sais : « Eh bien, oui ! C'est toujours moi qui ai réglé la note et toujours en liquide ! » S'il l'a vraiment prononcée, cette phrase est dévastatrice.

— Que me conseillez-vous de faire ? l'interroge Roussel d'une voix blanche.

— Démentir ou porter plainte. À moins de vous taire en attendant la suite…

— Me taire ? Personne ne comprendrait que je me laisse salir de cette façon sans rien dire… Mais quel est le lien, demande-t-il benoîtement, entre ce déballage sordide et cette affaire de meurtre dans laquelle on cherche toujours à m'impliquer ?

— Probablement aucun, lui répond Lessner. Sinon celui de vous salir, précisément. Dans ce cas, tous les moyens sont bons.

12

Le coupable idéal

Tout est parti ce même jour d'un simple tweet posté, en fin d'après-midi, par Maître Lessner. L'avocat sortait du tribunal où il venait de plaider. Il marchait vers les quais de Seine et la place Saint-Michel pour rentrer à son domicile. Il réfléchissait à la meilleure façon de riposter aux insinuations d'Antoine Jelloul, quand il s'est arrêté un moment pour pianoter sur son portable et dénoncer d'une phrase le comportement de la police et de la justice dans l'affaire Roussel : *Il est à tout le moins étrange que l'enquête en cours vise moins à identifier le véritable auteur du meurtre qu'à apporter la preuve de la culpabilité d'un ancien Premier ministre, candidat à l'élection présidentielle.*

C'est la fin de sa discussion téléphonique avec Guillaume Roussel qui l'a mis en alerte. La question du « lien » soulevée par celui-ci entre les soupçons dont on l'accable et l'affaire criminelle proprement dite, non élucidée à ce jour et devenue presque secondaire. Comme si elle n'avait jamais été que le prétexte d'une cabale politique.

Nul ne sait où on en est exactement des investigations en cours depuis la découverte du corps, début janvier, et les premières révélations fracassantes du site de Norbert Pablo, deux semaines plus tard. Près de deux mois se sont écoulés sans que ni la PJ ni le juge en charge du dossier n'aient diffusé la moindre information sur les progrès de l'enquête, ni qu'aucun journaliste ne paraisse encore s'y intéresser. Un seul sujet mobilise les médias et semble préoccuper les enquêteurs : le rôle présumé que le dirigeant de la Droite populaire aurait pu jouer dans cet assassinat pour des mobiles personnels liés à sa vie privée et maintenant à des questions d'argent.

La contre-attaque lancée par Édouard Lessner, qui a des raisons intimes de croire à l'innocence de Guillaume Roussel, ne passe pas inaperçue. Son effet est immédiat. Il n'a été question tout au long de la journée, dans les dépêches d'agences et sur l'ensemble des chaînes d'information en continu, que des dernières déclarations d'Antoine Jelloul. C'est désormais sur le tweet d'Édouard Lessner que se focalisent tous les commentaires.

L'avocat est encore dans la rue, il chemine sans se presser, un de ses havanes favoris à la bouche, quand il se met à recevoir des appels incessants de journalistes pressés de l'interviewer par téléphone ou de le faire venir sur leurs divers plateaux. Il ne répond à aucun, savourant ce déferlement comme une première revanche. Il est déterminé à les laisser mariner jusqu'à ce que son client et lui aient décidé de l'étape suivante. Il s'apprête justement à l'appeler quand il voit le nom de Guillaume Roussel s'afficher sur son écran. Lessner s'excuse de ne pas l'avoir prévenu avant de passer à l'action. Roussel s'empresse de le remercier, satisfait de cette initiative qui peut « tout changer » :

— Bravo, mon cher Maître. Vous les avez tous pris de court en leur rappelant le fond du problème qu'ils avaient fini par oublier. Du coup, ils ne parlent plus que de ça. De l'enquête elle-même et un peu moins de moi, en s'interrogeant à leur tour sur le travail de la police et de la justice. C'est un revirement assez spectaculaire.

Lessner est d'avis de ne pas en rester là. Sous peine de voir « le soufflé retomber aussi vite qu'il est monté » :

— Tous ces professionnels de la désinformation ont horreur d'avoir tort. Ils ne supporteront pas longtemps l'idée qu'ils aient pu se tromper en s'acharnant sur vous comme ils l'ont fait. Ils chercheront à démontrer coûte que coûte qu'ils ont vu juste dans cette affaire. Vous êtes à leurs yeux le coupable idéal. C'est pourquoi…

Lessner marque un temps d'arrêt, comme s'il hésitait à poursuivre.

— Je crois plus prudent, reprend-il, de ne pas poursuivre cette discussion par téléphone. Nous devons être placés sur écoute, vous et moi. Vous connaissez le mot de Woody Allen : « Ce n'est pas parce qu'on est paranoïaque qu'on n'est pas menacé », ajoute Lessner en riant. Retrouvons-nous à mon cabinet en début de soirée. Nous serons plus tranquilles pour bavarder…

D'ici là, pas un mot. Laissons-les s'agiter sans réagir. Le spectacle en vaut la peine.

En arrivant, Roussel s'efforce d'afficher son flegme des grands jours. Il commence par plaisanter devant Lessner, venu l'accueillir dans la cour à sa descente de voiture, en se présentant comme « le Saint Sébastien de la république, le corps criblé de flèches, mais toujours souriant comme s'il ne s'apercevait de rien ».

— Vous tenez le coup, c'est bien. On en a une certaine habitude dans votre métier, se réjouit l'avocat, non sans remarquer ses traits tirés et cette nervosité contenue qui imprime à sa démarche, en montant l'escalier, un rythme un peu saccadé. Quelles sont les réactions, côté politique, à cette histoire de déjeuner ?

— L'opposition crie à l'imposture en me faisant passer pour un corrompu, raconte Roussel. Dans mon camp, c'est le silence pour l'instant. Personne n'est monté au créneau pour me défendre, mais je n'en demande pas tant, connaissant le courage dont la plupart de nos amis font preuve dans ces cas-là. Il n'y a que les gens du centre, autrement dit les sbires de Moulins-Duthilleul, pour se déclarer « embarrassés »... Mais je sais aussi à quoi m'en tenir de ce côté-là.

Lessner referme les fenêtres de son bureau qu'il a laissé entrouvertes en partant pour dissiper les odeurs de cigare. La pièce baigne dans la clarté diffuse des dernières lueurs du jour, ce moment entre chien et loup qui reste son heure préférée. Après lui avoir servi un whisky, son avocat convie Roussel, d'un geste de la main, à prendre place dans son fauteuil habituel.

Lessner commence par le laisser parler, sentant qu'il a autre chose à lui dire :

— À propos, connaissez-vous le nouveau surnom qu'on me donne sur les réseaux sociaux ?

Roussel ménage le suspense, comme avant de lâcher un bon mot :

— « Tout en liquide » ! s'esclaffe-t-il. Ils n'ont pas eu à beaucoup se forcer.

— Excellent, en effet, mais j'espère pour vous que ça ne circule pas trop, lui fait remarquer Lessner d'un ton aigre-doux.

L'avocat enchaîne sur le motif de ce tête-à-tête :

— La seule manière de retourner la situation en votre faveur, c'est d'interpeler publiquement les autorités concernées. Il faut exiger d'elles qu'elles fassent toute la lumière sur l'état de l'enquête. Comme par hasard, plus personne ne semble s'en préoccuper. Il ne suffit plus de porter plainte contre vos détracteurs pour stopper ce torrent de boue. Il faut en revenir au dossier lui-même, et pour que ce crime ne reste pas impuni comme vous l'avez demandé l'autre soir à la télévision, savoir exactement où on en est du travail des juges et des enquêteurs. Vous démontrerez de cette façon que vous n'avez rien à craindre de la vérité. Et souhaitez même qu'elle soit établie au plus vite.

Lessner s'interrompt, le temps d'allumer un nouveau cigare :

— Il faut pour cela, reprend-il, poser la seule question qui vaille : celle de l'authenticité des preuves dont on dispose… C'est à moi de m'en charger. Voilà pourquoi je vous propose d'organiser dès demain une conférence de presse. Où je m'exprimerai seul, si vous en êtes d'accord. Dans le cadre exclusivement d'une affaire de droit commun…

— Vous avez raison. Il faut rappeler le véritable enjeu de toute cette affaire : qui a tué ce malheureux garçon et pourquoi, approuve Roussel, l'air songeur, avant de laisser affleurer une curiosité plus personnelle. Vous qui l'avez un peu connu, avez-vous une idée de ce qui a pu se passer ?

— Il y a plusieurs hypothèses : un rendez-vous tarifé qui aurait mal tourné, un règlement de comptes lié à une affaire de drogue ou de chantage, l'élimination d'un témoin qui en savait trop… Mais le plus probable, étant donné l'exploitation politique qui est faite de ce meurtre, est celle d'une cabale visant à empêcher votre élection… Il y a de toute évidence des gens bien informés sur vos fréquentations. Il suffisait après cela d'une photographie vous montrant opportunément en compagnie de la victime et d'une lettre prétendument signée d'elle mentionnant votre nom dans la liste de ses proches, et le tour était joué !

— Mais pourquoi lui spécialement ?

— Parce que Fouad était assez connu dans le milieu politique, qu'il côtoyait sans doute d'un peu trop près, et très apprécié des messieurs haut placés qui recourent à ce genre de services. C'est à l'occasion d'un cocktail au George V que j'ai fait sa connaissance. Il doit bien exister quelque part une photo prise ce soir-là de lui et de moi en train de bavarder un verre à la main. On peut tirer la conclusion qu'on veut de ce style de document… Pour ne rien vous cacher, c'était un garçon assez irrésistible que beaucoup se disputaient.

— Le plus incroyable, c'est que je dois être l'un des seuls, si je comprends bien, à ne pas l'avoir remarqué alors que nous nous sommes trouvés à la même table et qu'il avait manifestement tout pour plaire… J'ignore ce qu'il faisait là et quelle personne l'y avait amené, quelqu'un qu'il devait probablement accompagner. Ce serait peut-être intéressant de savoir qui, en examinant ce cliché de plus près. Hormis Jelloul, je n'y ai vu aucun visage que je connaisse… L'avez-vous reçu ici, dans cet appartement ? demande Roussel après un instant d'hésitation, en s'excusant de cette question indiscrète.

— Oui, deux ou trois fois si je me souviens bien, lui répond Lessner sans hésiter. C'est lui qui se déplaçait, n'ayant pas de domicile fixe à Paris, d'après ce qu'il disait. Il vivait à l'hôtel, jamais deux fois le même, m'avait-il indiqué. Le reste du temps, il séjournait chez lui au Maroc. À Casablanca, je crois. Ou Tanger…

— Il avait pourtant de la famille à Paris, du moins un frère qui aurait pu l'héberger. Celui à qui il aurait remis une lettre, soi-disant, la veille de son assassinat.

— Sauf si ce frère n'a jamais existé… N'importe qui a pu se faire passer pour lui. Vous aurez remarqué qu'il n'est pas apparu une seule fois dans les médias qui ont dû chercher à l'interviewer. On ne connaît même pas son visage. Par souci de sécurité, selon Maher, le seul à l'avoir rencontré. A-t-il été entendu depuis lors par la police ou s'est-il évanoui dans la nature ? C'est un des aspects du dossier que je compte aborder demain devant la presse. Continuez, de votre côté, à faire campagne comme si de rien n'était.

Ils conviennent d'en reparler en début de matinée. Roussel doit rejoindre son épouse avant d'aller dîner avec elle au restaurant et Lessner se rendre à un concert privé auquel l'a convié un de ses « jeunes amis mélomanes ».

— Je vous envie, lui dit Roussel. Mais moi, je suis un homme marié, il est plus que temps de m'en souvenir.

Très prisé du monde politique, Chez Françoise, à deux pas des Invalides, est une des adresses préférées du couple Roussel. L'endroit, réputé pour sa discrétion, se prête aussi bien aux conciliabules entre gens de pouvoir et d'influence qu'à des tête-à-tête plus intimes. Ce n'est pas le genre de lieu où l'on peut se donner en spectacle. L'arrivée de l'ancien Premier ministre au bras de sa femme, arborant tous deux l'élégance qu'on attend d'un futur couple présidentiel, n'en fait pas moins sensation. Un bruissement de surprise et de curiosité traverse la salle aussitôt. Tous les regards convergent sur eux. Les conversations s'interrompent, on chuchote entre soi. Des clients leur adressent un signe amical. Roussel s'approche pour leur serrer la main, tandis que sa femme les salue d'un sourire ou d'un simple bonsoir.

Puis le couple gagne sa table, escorté par le maître d'hôtel venu les accueillir. Roussel jette un coup d'œil rapide aux personnes qui les entourent. Il ne repère aucune figure qui lui soit familière dans leur voisinage immédiat. Seul l'intrigue le visage d'un homme en train de dîner un peu plus loin.

Cet homme a baissé les yeux dès qu'il l'a aperçu, poursuivant son repas comme s'il ne tenait pas à signaler sa présence. Roussel l'observe furtivement, guette un signe qui lui permettrait de l'identifier. Une soixantaine d'années, le crâne entièrement chauve, des sourcils épais, les traits secs, la distinction froide d'un grand commis de l'État. L'attention rivée à son assiette, cet inconnu paraît désireux de se faire oublier, sinon de garder ses distances.

Héloïse, à qui son mari demande de se retourner discrètement, ignore, elle aussi, de qui il s'agit. Roussel finit par se renseigner auprès de son serveur habituel, lequel lui glisse à l'oreille le nom d'un de ses camarades de promotion, Pierre-Jean Labarthe, qu'il a perdu de vue depuis longtemps. L'un des rares, parmi ses anciens condisciples, dont la carrière n'ait à aucun moment croisé la sienne.

— J'ignore ce qu'il est devenu, explique-t-il à Héloïse qui l'interroge. Nous n'avons jamais été liés, lui et moi, c'est le moins qu'on puisse dire. Il me détestait déjà à cette époque. De ce point de vue, il ne paraît pas avoir beaucoup changé… La dernière fois que j'ai entendu parler de lui, c'était à propos d'une affaire de mœurs aux Antilles où il était en poste. Affaire vite enterrée, comme vous l'imaginez. Ses amis ont fait ce qu'il fallait. Il a l'air de s'en être remis, se gausse Roussel en lui lançant un dernier regard avant de s'intéresser au menu du jour.

Il a beau s'efforcer de l'oublier, le chasser de son champ de vision, il ne peut s'empêcher d'épier de temps à autre ce revenant toujours figé dans une sorte d'indifférence sournoise. Plus il persiste dans cette attitude et plus Roussel ressent son hostilité. Sans doute est-il de ceux qui doivent se réjouir de ses déboires.

Roussel le classe d'instinct parmi ces ennemis dont il pourrait facilement dresser la liste, même si la plupart restent postés dans l'ombre, par crainte encore de se déclarer. Combien sont-ils à espérer qu'un nouveau rival surgisse pour s'empresser de le rallier ? Roussel ne voit aucun prétendant de dernière minute qui soit de taille à se mesurer à lui. Mais il lui suffirait d'être « empêché » pour que même le plus médiocre fasse l'affaire. On n'est jamais très regardant dans ces cas-là.

— À quoi pensez-vous ? lui demande Héloïse qui le sent préoccupé.

— Croyez-vous que Moulins-Duthilleul soit déjà en train de pousser quelqu'un contre moi pour m'évincer dans l'hypothèse où…

— Vous pouvez en être sûr, c'est le contraire qui serait étonnant.

— Qui, selon vous ?

— Je n'en vois que deux pour l'instant, mais qui peuvent en cacher un troisième. Le plus commode serait votre remplaçant à Matignon…

— Anselme ? Il est plus gris que son ombre !

—… sinon ce nouveau ministre de l'Intérieur que vous avez laissé aussi s'installer sans vous assurer qu'il ne jouerait pas trop contre vous.

— Levillain ? Outre qu'il porte bien son nom, c'est le plus balourd de la bande. À peine digne de diriger un commissariat. Le connaissant, je n'avais vu aucune raison de m'opposer à sa nomination. Je m'étonne d'ailleurs que vous puissiez penser à lui. Qu'est-ce qui vous fait dire cela ?

— Rien de particulier, lui répond Héloïse. Si ce n'est qu'il passe pour être entre les mains de Claustre, le conseiller spécial de qui vous savez. Et votre ennemi juré…

— Je l'ai entendu dire, mais ça ne suffit pas à en faire un présidentiable pour autant. C'est un intermédiaire, personne ne s'est encore aperçu de son existence, ricane Roussel en balayant cette option. J'ajoute qu'Anselme et lui souffrent d'une tare incurable : ils ne font pas partie de notre famille politique. Ni d'aucune autre d'ailleurs : ce sont des apparatchiks ou des hommes de cabinet, coupés du peuple et sans aucune expérience du terrain. Ils n'ont jamais quitté leur bureau.

— Dans ce cas, en conclut sa femme, si vous écartez ces deux-là parce qu'ils ne sont pas de notre famille politique, vous savez d'où peut venir le danger.

— Je tiens le parti, déclare-t-il aussitôt pour couper court à cette éventualité. Ils feront chou blanc s'ils essaient de débaucher l'un des nôtres. Je ne vois pas qui, au demeurant, aurait la moindre chance de l'emporter à ma place.

— Vous avez raison sur ce point, lui concède Héloïse. La droite sans vous courrait à un échec assuré. Mais pour Moulins-Duthilleul, ce serait faire d'une pierre deux coups. Il se débarrasserait, avant de partir, de tout ce qu'il exècre. Vous d'abord, et tout le reste après.

Comme si elle avait réussi à semer le doute dans son esprit, Roussel ne trouve aucun argument, cette fois, à lui opposer. Le raisonnement d'Héloïse lui paraît même d'une logique imparable. Au point qu'il se voit maintenant plus d'ennemis encore qu'il ne le pensait. Les pires étant ceux qu'il n'a jamais soupçonnés. Des ennemis de toujours qu'on ne se découvre qu'au dernier moment.

Roussel focalise de nouveau son attention sur l'homme qui continue de dîner seul dans un coin de la salle sans jeter un regard dans sa direction. Pierre-Jean Labarthe : un nom qu'il avait presque fini par oublier et dont Roussel se dit à présent qu'il n'a pas ressurgi de l'obscurité par hasard. À l'heure la plus propice pour se tenir en embuscade.

13

L'élément perturbateur

Il y a des jours qui s'annoncent mieux que d'autres et ce sont parfois les pires.

Ce matin-là, l'ancien Premier ministre arbore une allure de vainqueur sur ses nouvelles affiches de campagne placardées dans la nuit à tous les endroits stratégiques de la capitale. Sous un slogan qui se suffit à lui seul, *Guillaume Roussel, notre Président*, se détache le visage empreint d'assurance et de caractère d'un homme de cinquante-huit ans parvenu au faîte de sa maturité politique. Les traits nets, à peine marqués par l'âge, le front dégagé, le sourire charmeur, la mâchoire virile, avec dans le regard un magnétisme un peu froid qui laisse planer sur lui quelque chose d'énigmatique.

Tout dans l'image du candidat exhale cet air d'autorité, d'équilibre et de confiance que seule peut façonner une longue expérience du pouvoir. Le fruit, pour en arriver là, de trente ans de pratiques ministérielles, d'infiltration des rouages de l'État, d'emprise sur les hommes et les dossiers, d'activisme souterrain et d'engagement public sans répit. Un modèle du genre dont Guillaume Roussel ne voit pas qui, parmi les autres prétendants à la fonction présidentielle, pourrait mieux se targuer.

Il savoure ce sentiment de supériorité comme son meilleur antidote au doute et à l'anxiété qui le tenaillent depuis le début de l'affaire. Durant le trajet qui le conduit à son bureau, songeant à chacun de ses rivaux, il se laisse envahir par l'apaisante certitude de jouir d'une position dominante qu'aucun d'entre eux ne serait de taille à lui disputer. Son nom, sa photographie, affichés en grand le long des avenues qu'il traverse, vitre baissée comme pour mieux les apprécier, lui procurent un sentiment de suprématie rarement éprouvé à ce point au cours des derniers mois.

Les mises en garde d'Héloïse ont été salutaires. Elles lui ont laissé entrevoir des dangers qu'il estime à présent faciles à conjurer. Comme il lui sera facile, pense-t-il, de s'extirper du piège dans lequel on tente de l'enfermer, dès que le contre-feu déclenché par son avocat permettra d'être fixé sur le contenu de l'enquête. Roussel n'assistera pas, comme convenu entre eux, à la conférence de presse de Maître Lessner en début d'après-midi. Laissant son défenseur opérer sur le terrain judiciaire, le candidat fera campagne au même moment en banlieue parisienne.

Ce début de journée lui semble de si bon augure que Roussel remarque à peine, arrivant à son QG de campagne, la tension qui règne parmi ses équipes. Tous ceux qu'il croise et salue dans les couloirs ont la mine défaite, comme si un drame irréparable venait de se produire :

— Que se passe-t-il ? s'étonne Roussel, d'humeur plus légère. Ne me dites pas que le « Vieux » a enfin rendu l'âme… Je ne m'en remettrais pas !

Murés dans un silence gêné, ses conseillers se regroupent autour de lui dans la pièce attenante à son bureau, l'air de se demander lequel d'entre eux osera lui annoncer la nouvelle en premier. Aucun n'a eu le courage de l'appeler dès qu'ils l'ont apprise. C'est finalement Pierre Servier qui se dévoue, sur le ton d'un homme résigné à voir la situation empirer :

— Comme on pouvait le craindre, les derniers sondages qui viennent de tomber ne sont pas bons. Vous avez perdu sept points dans les intentions de vote. Vous restez en tête, mais talonné de près à présent par le candidat socialiste.

— Rien de surprenant, il fallait s'y attendre, en effet, relativise Roussel sans se départir de son calme. Pas de quoi s'affoler. Nous disposons d'assez de temps et de ressources pour remonter la pente.

— Ce n'est pas tout, poursuit Servier sur le même ton fataliste. Dans le dernier baromètre IPSOS sur la cote des personnalités politiques, votre successeur à la tête du gouvernement bénéficie d'un rebond de popularité impressionnant. Anselme engrange d'un coup près de dix points d'opinions favorables, ce qui lui permet de franchir la barre des cinquante pour cent. Certains commentateurs lui prêtent déjà un destin présidentiel, au cas où…

— … je serais empêché, complète Roussel avec un rire moqueur. Ne vous donnez pas la peine de conclure, Servier. Je sais bien que l'insignifiance peut sauver en politique, mais de là à imaginer un tel ectoplasme à l'Élysée… On se sert de ce pauvre Anselme comme d'un paravent pour faire savoir à l'opinion qu'il existe une alternative. Bref, que je ne suis pas irremplaçable. La ficelle est si grosse qu'il serait difficile de ne pas la voir. Mais ne vous y trompez pas : si cette affaire tourne mal, comme d'aucuns l'espèrent, c'est la gauche qui remportera l'élection.

— Ces sondages n'ont qu'une valeur d'avertissement, mais il serait imprudent de ne pas en tenir compte, réplique son ancien homme de confiance, de sa voix sentencieuse.

— Message reçu, mon cher Servier. Vos conseils sont toujours bons à prendre, même si vous n'allez pas jusqu'à exprimer le fond de votre pensée, ironise Roussel avant de lui tourner le dos sans attendre sa réponse.

Pierre Servier essuie cette nouvelle rebuffade sans ciller. Alors que son sort, comme celui de Sybille Royer, paraît déjà scellé, les témoins de la scène s'étonnent que Servier n'ait pas encore pris les devants en remettant sa démission. Les uns y voient une marque de fidélité. Les autres, un simple calcul. Servier attendrait selon eux le moment où son chef serait en pleine déroute pour rompre avec lui publiquement.

Roussel, de son côté, semble s'être fait une raison. Il a pris acte de la défection de Servier sans vouloir l'interpréter comme une trahison. Du moins n'en a-t-il pas la preuve formelle à ce jour, même s'il perçoit un probable double jeu. Mais tout compte fait, il voit presque plus d'avantages à maintenir en place celui qui reste son directeur de cabinet qu'à se passer de ses services. Sa présence, ses avis, son comportement lui sont précieux pour sentir ce qui se passe du côté de l'Élysée et de Matignon. La réaction de Servier aux deux sondages du jour, censés démontrer qu'il serait en chute libre dans l'opinion comme dans son propre camp, lui a permis de mieux identifier le véritable péril auquel il est exposé.

À travers les mises en garde alarmistes de Servier, c'est la manœuvre visant à lui substituer, en cours de campagne, un candidat « plus présentable », qui se précise. Ce complot, Roussel s'est contenté de l'envisager jusque-là sans trop y croire. Il ne fait plus aucun doute désormais dans son esprit. Servier a achevé de le clarifier en insistant sur le fait qu'il ne serait plus le favori de l'élection.

Persuadé d'avoir flairé assez tôt cette menace pour réussir à la désamorcer, Guillaume Roussel fait mine de ne pas se préoccuper des deux « mauvaises nouvelles » du jour. Une simple péripétie qui ne présage en rien le résultat final :

— On essaie de dresser l'opinion contre moi, estime-t-il. Mais les Français me connaissent, ils ne se laissent pas intoxiquer si facilement… Anselme n'est qu'un fantoche, une marionnette qu'on essaie d'utiliser pour m'éliminer. Mais il n'existe pas. Ce n'est rien, un fétu de paille… Il ne pèserait pas lourd le moment venu…

D'ailleurs, qui peut être assez fou pour imaginer que je me retirerais à son profit ?

Hormis Servier, ses autres collaborateurs l'approuvent, se gaussant d'une éventualité qu'aucun d'eux n'aurait sérieusement envisagée s'il ne l'avait lui-même évoquée.

— Et puis, vous savez ce que je pense des sondages… Ce n'est pas aujourd'hui que je vais changer d'avis. Et maintenant, au travail. J'ai un programme chargé et pas une minute à perdre, lance Roussel qui doit préparer son déplacement dans les Yvelines et en Seine-Saint-Denis en début d'après-midi.

Ce qui réconforte son entourage, c'est la facilité avec laquelle le candidat semble avoir encaissé ce nouveau coup. Le mélange de sang-froid et de rage dont il fait preuve, marque aux yeux des siens d'une capacité d'endurance peu commune. Cette succession de revers, sur fond de scandale persistant, n'en demeure pas moins pour tous inquiétante.

Roussel mise, sans le dire ouvertement, sur l'intervention de Lessner pour déminer le terrain. Il a raison de dénoncer le jeu trouble des autorités politiques et judiciaires. Aussi longtemps que l'affaire n'est pas élucidée, le doute peut subsister sur son éventuelle implication dans le meurtre du jeune prostitué marocain. C'est ce carcan d'une suspicion entretenue à dessein qu'il s'agit de faire sauter : la seule façon de démontrer qu'elle résulte d'une pure machination.

Roussel s'isole un moment pour appeler son avocat avant sa rencontre avec les journalistes. Il veut reparler avec lui de la manière dont il entend procéder. Compte tenu des derniers sondages et de l'insolite poussée de popularité du chef de gouvernement, il lui paraît nécessaire de frapper encore plus fort que prévu :

— Il faut désigner les vrais responsables, martèle-t-il. Interpeler directement les ministres concernés, l'Intérieur et le garde des Sceaux. Les obliger à sortir du bois. Rappeler aussi que je me tiens à la disposition du juge et des enquêteurs, prêt à répondre à toutes les questions qu'ils souhaiteront me poser.

Lessner l'approuve sur ce dernier point, mais il se montre plus mesuré sur une mise en cause aussi frontale de deux membres du gouvernement :

— Si je comprends bien, vous avez décidé de brûler les étapes, lui dit-il d'une voix un peu évasive. Je vous suivrai, bien sûr, si tel est votre choix. Mais je crois plus judicieux de ne pas gaspiller d'un coup toutes nos munitions. Les deux ministres en question auront vite fait de s'abriter derrière un argument irréfutable, même si nous savons ce qu'il vaut : l'indépendance de la police et de la justice. Ils s'érigeront en gardiens de cette neutralité en vous signifiant par là même que c'est aussi votre devoir de la respecter. Vous devez rester en retrait, du moins dans un premier temps. Ce que vous ne pourrez faire si nous donnons d'emblée à cette affaire un caractère politique. Vous prendriez un risque inutile en vous exposant de cette façon. J'ajoute que votre statut de candidat vous impose de garder de la hauteur. Ma situation est différente. Je serai dans mon rôle d'avocat en exigeant publiquement de savoir où on en est des suites de l'enquête.

Roussel se résigne à lui donner raison. Mais, après avoir raccroché, il se laisse aller devant ses collaborateurs, se déclarant tout disposé à « tirer à vue sur les petits salauds de l'Élysée et de Matignon ».

— Nous allons les obliger à sortir de leur trou ! s'exclame-t-il avec une hilarité rageuse, en mimant la scène. On les délogera de leur tanière, un à un, au lance-flammes si besoin. Ils ne pourront pas nier leur forfait très longtemps. Je saurai exactement qui a fait ça ! Et sur l'ordre de qui… Même si je n'ai plus beaucoup de doutes à ce sujet.

La perplexité de son équipe n'est pas dissipée pour autant, ravivée par la menace d'un affrontement meurtrier au sein de la majorité. Ludovic Jussieu, qui vient d'arriver sans s'excuser de son retard, affiche d'entrée de jeu une mine dubitative. Il se tient à l'écart de Roussel, comme pour lui signifier qu'il a déjà pris ses distances.

— Espérons que nous n'allons pas passer notre temps à nous entretuer, soupire-t-il à voix basse, le regard rivé sur son portable.

Roussel feint, dans un premier temps, de n'avoir rien entendu. Mais il comprend aussitôt ce que signifie cette réflexion lâchée comme en catimini par un de ses principaux lieutenants. C'est l'argument fatal qu'on s'apprête à utiliser contre lui en le désignant comme un fauteur de troubles au sein de son propre camp. Contraint de se défendre face à des ennemis toujours invisibles, c'est lui qui risque d'apparaître, paradoxalement, comme l'élément perturbateur.

— Si guerre il doit y avoir, ce n'est pas moi qui l'aurai déclarée, comme vous le savez, finit-il par répondre sans s'adresser à Jussieu directement.

Cette mise au point lapidaire se heurte à la moue sceptique de son directeur de campagne, replié dans un silence réprobateur qui jette un froid sur la petite assemblée. Roussel se retient, pour ne pas envenimer leur différend, de le sommer de s'expliquer plus franchement. Ce n'est pas la première fois que le jeune député de l'Ain, à l'évidence inquiet pour la suite de sa carrière, manifeste des signes de nervosité. Après Pierre Servier, voici que Ludovic Jussieu, qui n'a pas souhaité l'accompagner dans sa tournée électorale de l'après-midi, semble sur le point de faire à son tour dissidence. Tout indique que ce tandem a désormais partie liée contre lui. Dans le but encore inavoué d'obtenir sa mise à l'écart.

Roussel ne s'attarde pas, quittant la pièce après s'être amusé, les mains tendues vers le ciel bleu uni qu'on aperçoit à travers les fenêtres grandes ouvertes, à saluer le beau temps qui règne sur la capitale :

— Vous avez vu : pas un nuage, une lumière d'une clarté parfaite. Les éléments sont avec nous.

Autour de lui, on s'est efforcé d'acquiescer à cet élan d'optimisme. Mais chacun a regagné son bureau, déconcerté par la scène à laquelle ils viennent tous d'assister.

Roussel s'entretient un moment, avant de prendre la route, avec deux de ses fidèles, le secrétaire général de la Droite populaire, Bertrand Deleusse, et Brice Robert, l'organisateur de ses déplacements et député des Yvelines, l'un des deux départements où il est attendu au cours de l'après-midi. À Versailles, d'abord, pour un échange à huis clos avec les élus locaux, puis à Bobigny où il doit présenter son plan de rénovation urbaine lors d'une conférence de presse suivie d'une réunion-débat avec des responsables d'associations. Sur place, ses supporters sont déjà en ordre de marche pour lui réserver, à chaque étape, le meilleur accueil. Surtout en Seine-Saint-Denis, fief de son adversaire socialiste, où sa visite promet d'être chahutée.

Les choses devraient être plus aisées à Versailles. Rien, à première vue, ne peut lui arriver dans ce bastion de la « droite tradi ». Le maire, Arnaud de L'Ormeuil, appartient, comme Ludovic Jussieu, à la branche ultra-conservatrice du parti. Les deux hommes sont proches. C'est sans doute pourquoi L'Ormeuil a l'air si mal à l'aise, la mine compassée, devant Roussel lorsqu'il le reçoit dans son bureau de l'Hôtel de Ville pour un bref déjeuner en tête à tête. Le nom de Jussieu n'est pas prononcé, ni les raisons de son absence évoquées, mais leur différend semble peser sur une conversation qui peine à s'engager.

L'Ormeuil cultive, à quarante ans, un aspect de notable d'Ancien Régime, engoncé dans son costume trois-pièces, sa chemise à chevrons élimée aux manches, avec cravate en soie bleu-gris à pois blancs et pochette assortie. Il égrène des propos insipides et pontifiants sur l'élection présidentielle – « enjeu majeur dont dépend l'avenir de notre pays tout entier », etc. – comme pour mieux masquer son animosité. Roussel, qui se demande où son hôte veut en venir, est vite édifié. L'Ormeuil insiste sur « la défense de nos valeurs et le redressement moral qui s'impose ». Le message est clair. Roussel renchérit sur cette préoccupation qu'il partage « naturellement » et dont il s'estime le meilleur garant.

— Nous en sommes tous convaincus, lui répond L'Ormeuil avec un sourire plein de componction qui n'est pas loin de ressembler à une grimace de dégoût. Mais je ne vous cache pas que certains de nos électeurs sont perturbés par ce qui vous arrive… En bref, tout ce que des esprits pervers et mal intentionnés colportent sur votre vie privée.

— C'est bien dans ce but qu'ils le font : semer le trouble parmi mes électeurs, réplique Roussel en veillant à rester détendu. Quelques-uns risquent de se laisser abuser, en effet. Mais pas vous, pas tous ceux qui me connaissent…

— La question ne se pose pas pour nous, en effet. Vous n'avez rien à craindre de notre côté, assure L'Ormeuil, la parole ferme mais le regard fuyant. Je ne vous cache pas que pour d'autres, en revanche…

— Soit. Que dois-je en conclure ? l'interrompt Roussel.

— Je suis désolé de devoir vous le dire. Mais nous ne ferons pas le plein cet après-midi pour votre réunion. Certains élus et non des moindres ont préféré déclarer forfait. J'ai tout tenté pour les persuader de revenir sur leur décision. Je n'ai pu en rattraper qu'une poignée. Il devrait y avoir une cinquantaine de sièges vides sur les quatre cents prévus. Mais nous avons veillé à organiser la salle de telle façon que ces défections passent inaperçues. Et puis, nous serons entre nous…

« Jamais vu pareil faux derche », se dit Roussel, avant d'user, un peu plus tard, de la même hypocrisie en réunion publique pour se féliciter du « dialogue fructueux » engagé avec « une assemblée nombreuse et représentative ». Les « quelques absents » ayant pris soin, assure-t-il, de « s'excuser » auprès de lui.

Le candidat de droite se heurte à une hostilité plus radicale dès son arrivée à Bobigny. Devant la salle polyvalente où il doit prendre la parole, un groupe de militants d'extrême gauche brandissent des banderoles aux slogans agressifs – *Tout en liquide*, *Un repas pour le prix de 3 Smic* – en agitant des sébiles emplies de pièces de monnaie. Sifflé à sa descente de voiture et aussitôt conspué par les manifestants, Roussel les salue d'un grand geste de la main et se dirige vers eux, dans l'idée d'engager un dialogue. Mais devant la virulence de ses opposants, il est contraint de quitter les lieux, poussé en hâte par ses gardes du corps à l'intérieur du bâtiment.

Cette scène, où on le voit s'enfuir précipitamment, sera diffusée en boucle le soir même sur toutes les chaînes de télévision. C'est la principale séquence que les médias retiendront de la journée de Guillaume Roussel, avec la réplique de Norbert Pablo aux exigences formulées devant la presse par l'avocat du candidat.

Le journaliste réclame dans un communiqué que l'ancien Premier ministre soit entendu au plus vite par le juge Renoir. « Son ami Antoine Jelloul a déjà été convoqué de son côté par les policiers. Pourquoi son comparse et pas lui ? Pourquoi Jacques et pas son maître ? » Pablo met en cause, tout comme Lessner, l'inertie des autorités chargées de l'enquête. Mais en l'attribuant, quant à lui, au fait que Guillaume Roussel, « protégé par le système », bénéficierait d'une sorte d'impunité. Comme si sa culpabilité, pour être reconnue, n'avait plus même besoin d'être prouvée.

14

Un témoin de circonstance

Guillaume Roussel est rentré de Bobigny, la veille au soir, le cœur las, en proie à de mauvais pressentiments. Le sort joue désormais à plein contre lui, les avanies s'enchaînant de façon inexorable pour ne lui laisser aucun répit. À droite et à gauche, amis, alliés et opposants semblent s'être donné le mot pour accélérer sa chute, l'exfiltrer d'une partie où il n'a plus sa place, devenu comme de trop. L'injonction lancée par Norbert Pablo aux autorités de justice, en vue d'obtenir sa comparution immédiate, préfigure probablement un coup de grâce imminent. Les « nouvelles révélations » promises par le journaliste doivent être sur le point de sortir. Une question d'heures ou de jours tout au plus. Pablo, pour en décupler l'impact sur un homme déjà affaibli, a habilement préparé le terrain en ménageant le suspense jusqu'au dernier moment.

Le plus étrange pour un leader politique comme Guillaume Roussel, habitué à rester maître du jeu dans la plupart des situations, est de se sentir le jouet d'événements qu'un autre manipule à sa place. Face à celui-ci, il ne dispose d'aucune marge de manœuvre, contraint d'attendre que son adversaire ait abattu ses cartes avant de riposter, sous le regard de spectateurs satisfaits de le voir courir à sa perte.

C'est avec un mélange d'appréhension et d'impatience qu'il se met à guetter, le lendemain, les résultats de l'enquête qui lui permettront d'être fixé. Il sait qu'ils porteront, comme annoncé, sur ses « mœurs présumées » et le « type de fréquentations » qui seraient les siennes. Il échafaude en secret diverses hypothèses, les passe en revue sans voir laquelle serait assez probante pour parvenir à le démasquer. Les gens de Pablo ont dû tout mettre en œuvre pour trouver un garçon prêt à parler. À moins que l'un d'entre eux, par souci de publicité, se soit présenté à eux spontanément.

Roussel persiste à ne pas y croire. Persuadé de n'avoir laissé aucune trace susceptible d'être exploitée contre lui, il revient, comme pour mieux s'en convaincre, sur le déroulement de ces rencontres restées sans lendemain. S'il a pris le risque d'être identifié, c'est après avoir veillé chaque fois à démentir qu'il s'agissait de lui. Maigre subterfuge qui n'a sans doute trompé personne, mais lui a pourtant réussi jusque-là. Il a pensé à tout, sauf à ce qui lui paraîtra après coup l'évidence même : une faille dans ce système de protection dont il prend brutalement conscience en découvrant, en début d'après-midi, la nouvelle charge de ses détracteurs.

En une du site Free Investigation, sous un titre édifiant, *Le double jeu permanent de Guillaume Roussel*, l'article signé Sylvain Maher dresse l'inventaire des « vies cachées » du candidat de droite. « Tout n'est que posture et imposture chez ce spécialiste des avatars, au sens hindou du terme, dont le goût de la réincarnation peut aussi lui causer, en usant du même mot, certaines mésaventures, se moque le journaliste. Il n'y a que l'authenticité de son nom dont on soit à peu près sûr. Encore que l'époux d'Héloïse de Chauvel a probablement dû rêver d'en changer (non de femme, mais de patronyme). Le reste de sa vie et de sa carrière évoque une galerie de postiches. » Maher va jusqu'à le comparer à l'une de ces vieilles actrices outrageusement fardées chez qui plus rien ne subsiste de l'original : « Le vrai Roussel a réussi à se faire oublier sous un maquillage outrancier de fausse vertu et de moralisme trompeur. »

Sylvain Maher paraît très bien renseigné et avoir puisé ses informations à des sources irréfutables. Il commence par révéler le conflit survenu avec ses parents et leur brouille quand Roussel, pour justifier son brusque virage à droite, a menti sur ses origines politiques. Il cite la mise au point du couple dénonçant la trahison de leur fils, désaveu passé inaperçu à l'époque et que personne n'a songé à exhumer depuis lors. Maher n'indique pas s'il a rencontré le père de l'ancien Premier ministre et recueilli son témoignage. Mais il souligne que le vieil homme, « encore vivant alors que son héritier a tout fait pour qu'on oublie son existence, ne s'est jamais réconcilié avec lui et refuse toujours de lui parler ».

Roussel, non content de revendiquer des convictions politiques qui n'étaient pas les siennes, a poussé l'opportunisme, ajoute Maher, jusqu'à se réclamer d'une éducation religieuse qu'il n'a pourtant pas reçue, lui le « soi-disant catholique de tradition à l'ascendance notoirement anticléricale ». Roussel aurait même confié à des journalistes être un des familiers, depuis sa jeunesse, de l'abbaye de Flavigny en Côte-d'Or où il lui arrivait, « en toute discrétion », de se retirer chaque année pendant quelques jours. Vérifications faites, « personne ne se souvient d'une simple visite qu'il y aurait accomplie », affirme le journaliste.

Sur l'argent, la même duplicité : « Le prétendu garant des comptes publics, l'intransigeant défenseur de l'orthodoxie financière, qui a poussé le scrupule jusqu'à mettre en cause l'intégrité de certains de ses collègues, apparaît depuis les révélations de son ex-protecteur, Antoine Jelloul, sous un tout autre jour. Selon ce dernier, Roussel aurait abondamment profité des circuits de corruption, non seulement pour garantir ses moyens d'action dans la conquête du pouvoir, mais en tirer aussi des avantages personnels dans sa vie privée. »

C'est ici, sur la question des mœurs, qu'on en arrive au scoop le plus embarrassant pour le leader de droite. Rappelant ses prises de position « violemment réfractaires » à l'avortement et au mariage homosexuel, sa défense de la famille et de la norme conjugale, « par souci de protéger la filiation », Malher souligne là encore « la distorsion » entre les idées professées par le candidat et son mode de vie. « Deux vérités à la fois, l'une servant à cacher l'autre. Ce qu'on pourrait appeler la technique Roussel : affirmer haut et fort l'inverse de ce que l'on met soi-même en pratique. »

Le journaliste revient sur l'assassinat de l'escort marocain qui a révélé de « possibles connexions avec Guillaume Roussel », mais sans apporter de preuves formelles, prend-il soin d'ajouter afin de mieux enfoncer le clou. « Un élément nouveau vient aujourd'hui étayer la thèse selon laquelle l'ex-Premier ministre aurait bien eu recours aux services de jeunes prostitués masculins, tout en condamnant officiellement, lui et ses amis politiques, ce type de "déviance sexuelle", pour reprendre leur expression. »

Indigné par cet « excès d'hypocrisie », un étudiant des Beaux-Arts de vingt-six ans, Aurélien T., « prostitué occasionnel par nécessité de boucler ses fins de mois », aurait appelé de lui-même la rédaction de Free Investigation pour livrer son témoignage. Selon lui, Guillaume Roussel avait été l'un de ses « clients épisodiques ». Il se présentait, raconte-t-il, comme « un homme d'affaires partageant son temps entre la province et Paris » et, « dans l'espoir d'éviter toute confusion, comme le lointain cousin d'un leader politique très connu, d'où leur ressemblance. J'ai fait semblant de le croire, naturellement, explique ce témoin. On est tenu de respecter de part et d'autre un certain anonymat dans ce genre d'activité. Je travaille de mon côté sous une fausse identité. Je ne voyais rien d'anormal à ce qu'une personnalité de premier plan en fasse de même. Jusqu'à ce que je comprenne qu'il s'agissait dans son cas d'un système de dissimulation généralisé. Ce qui pour un futur président de la République m'a paru insupportable ».

Roussel ne se souvient pas d'avoir entretenu de relations « épisodiques » avec aucun escort. Il estime dans un premier temps qu'il doit s'agir d'une nouvelle mystification. Après avoir fait parler un mort contre lui, c'est un vivant dont on se sert à présent comme témoin, instrumentalisé dans le même but. Avec des éléments cette fois plus précis, mais néanmoins insuffisants pour avoir valeur de preuve. Il lui faut attendre la fin de l'article avant de découvrir celle qu'il aurait dû redouter.

Au journaliste qui l'interroge sur « les modalités de ces rencontres régulières », le jeune homme fournit l'adresse exacte où elles se déroulaient et jusqu'à la physionomie des lieux : « Un petit appartement donnant sur la cour d'un immeuble du treizième arrondissement, pourvu d'une chambre, d'une pièce de réception sommairement meublée, avec un simple canapé, une table basse et quelques étagères de livres. Ce qu'on appelle une garçonnière… Monsieur Roussel m'a confié en souriant que c'était un ami qui l'hébergeait ici lors de ses séjours à Paris. Sans me révéler son nom, bien entendu. »

Roussel est abasourdi. À sa stupeur se mêle le sentiment d'amertume et d'humiliation d'être pris en faute alors qu'il croyait avoir tout prévu pour s'en prémunir.

Il s'en veut d'autant d'imprudence et de naïveté. Comment ne pas avoir pensé qu'un lieu de rendez-vous régulier, même en veillant à varier ses partenaires, était la meilleure manière à terme de se faire repérer ? Ou a-t-il pu croire qu'il lui suffisait, pour brouiller les pistes, d'un logement de fortune dont il disposerait sans risquer de se signaler ? Si ce n'est par le nom de son propriétaire, cet « ami » avec qui, une fois connu, le lien serait facile à établir… Son identité n'était pas précisée dans l'article. Mais on n'aurait pas à beaucoup chercher pour la découvrir. Le mystère aurait vite fait d'être dissipé. Et Antoine Jelloul serait probablement le premier à s'en charger, par souci de se couvrir.

C'est à l'issue d'un déjeuner au Crillon avec des diplomates étrangers en poste à Paris que Roussel a pris connaissance de l'article. Il a été alerté au cours du repas par un message de Ludovic Jussieu qui se terminait sur cette interrogation aussi laconique que péremptoire : « Bon, à présent que fait-on ? » Roussel s'est abstenu de lui répondre dans un premier temps, déterminé à ne céder à aucune pression ni à se laisser dicter sa conduite. Ébranlé par cette cascade de « révélations », il s'est ressaisi plus rapidement qu'il n'aurait pu l'imaginer, résolu, dans un sursaut d'orgueil, à affronter cette épreuve avec le calme et l'indifférence qu'on peut attendre d'un homme d'État digne de ce nom. Il ne lui servirait à rien de se justifier. Ce serait donner raison à ses ennemis en reconnaissant la gravité de leurs accusations.

Mais il lui faut trouver, se dit-il dans la voiture qui le ramène à son bureau, une autre manière de répliquer vis-à-vis de ses électeurs. Le mépris ou le silence n'y suffirait plus. Ce serait risquer de perdre une grande partie de ses troupes, choquées ou désorientées, et d'essuyer un désaveu massif de l'opinion. Ses ennemis disposent désormais des arguments nécessaires pour lui substituer un candidat présumé irréprochable, déjà prêt dans l'ombre à le supplanter. Le scénario est écrit d'avance. Il n'y a plus qu'à espérer de Roussel qu'il finisse, sous l'effet d'un tel déballage, par se rendre à l'évidence et jeter l'éponge.

Roussel sait que le temps lui est compté. La tactique qu'il a en tête, élaborée en quelques minutes – c'est dans l'urgence qu'il a souvent pris ses meilleures décisions –, est sa dernière chance de renverser la situation en sa faveur. En misant froidement sur la méthode qui lui a toujours réussi pour triompher de ses adversaires : la menace ou la manipulation. Souvent les deux.

15

Disparition momentanée

Ce n'est pas la première fois que Guillaume Roussel se met, selon sa formule, « en état d'immersion ». Un procédé qui consiste, le temps nécessaire, à disparaître brusquement pendant plusieurs heures, parfois des journées entières. À devenir tout à coup invisible, injoignable pour ses amis ou collaborateurs les plus proches, et jusqu'à son épouse elle-même, si habituée à rester par périodes sans nouvelles de son mari qu'elle a toujours été la seule à ne pas s'en inquiéter.

Cette technique du retrait et de l'effacement momentané, Roussel en usait déjà, jeune député, pour protéger ses escapades amoureuses. Avant de l'expérimenter dans sa conquête du pouvoir pour dénouer une crise, sortir d'une situation mal engagée, en prenant de court ses adversaires, trop vite convaincus qu'il avait préféré, de guerre lasse, abandonner la partie.

Il lui suffisait de ne plus répondre au téléphone ou de s'absenter sans explication d'une réunion où il était attendu, pour qu'on s'interroge aussitôt : « Personne ne sait où il est… On a perdu sa trace. » Le temps de laisser cette rumeur se propager et il resurgissait à l'improviste, après avoir manœuvré dans l'ombre souvent avec succès.

Au lieu de se rendre à sa permanence, comme il s'apprêtait à le faire en sortant du Crillon, Roussel demande à Victor, son chauffeur, de s'arrêter dans un endroit peu fréquenté, une ruelle, déserte à cette heure, du quatorzième arrondissement, à proximité de la place Denfert-Rochereau et du cimetière du Montparnasse. Il éteint son portable de travail et se sert d'un autre appareil réservé à ses contacts plus personnels.

C'est depuis ce numéro masqué qu'il adresse un message à Ludovic Jussieu lui proposant de le rencontrer « *en tête à tête pour évoquer la situation telle qu'elle se présente aujourd'hui et en tirer ensemble les conclusions qui s'imposent. Compte tenu des événements, il me paraît préférable que cet échange puisse se tenir dans des conditions strictement confidentielles. Je vous laisse le choix du lieu* ». Réponse immédiate de Jussieu : « *Tout à fait d'accord. Nous pourrions nous retrouver dans un appartement de famille dont je dispose près de la gare de Lyon. Je suis le seul à l'occuper en ce moment. C'est au 3 rue Marcel-Prévost. Le code d'entrée : A 309. 3e étage gauche. Nous y serions en toute sécurité. Dans une heure ou deux selon vos disponibilités.* » Roussel : « *Disons 17 heures. Le plus tôt sera le mieux.* »

Si Jussieu s'est laissé ferrer aussi facilement, c'est qu'il s'est mépris sur les raisons de cet entretien inopiné. Il doit être flatté à l'idée que Roussel sollicite son avis en le traitant comme un conseiller privilégié. Jussieu est loin d'imaginer que Roussel compte bien lui marquer plus encore son estime et son intérêt. Dans le seul but de le neutraliser en s'assurant à travers lui le soutien des ultras de la Droite populaire, la frange de son parti qui risque désormais de le lâcher. C'est la première étape du plan que Roussel, tout à sa nature de joueur, a conçu en hâte.

Il débarque sur place vingt minutes plus tard. La rue est vide. Son chauffeur trouve facilement à se garer à proximité de l'adresse indiquée.

— Attendez-moi là. Je n'en ai pas pour très longtemps, lui indique son patron.

Roussel n'a que quelques pas à faire pour arriver au lieu du rendez-vous, un immeuble assez cossu dont il franchit le hall sans y croiser personne.

Ludovic Jussieu, qui a quitté précipitamment l'Assemblée pour le rejoindre, l'attend devant la porte ouverte de l'appartement. Il réserve à son visiteur un accueil étonnamment cordial. Son amabilité tranche avec l'air distant qu'il affichait la veille encore, lors de leur dernière confrontation. Jussieu est visiblement honoré de le recevoir chez lui, malgré de nouvelles révélations qui ont tout pour le scandaliser. Roussel se montre, de son côté, chaleureux, avenant, décontracté comme s'il n'avait pas de raison de s'alarmer. Aucun signe d'inquiétude ou de contrariété sur son visage. Il va droit au but sans prendre le temps de s'asseoir :

— Merci de me recevoir aussi vite, cher Ludovic. J'ai toujours pensé que nous étions faits pour nous entendre.

Nous partageons les mêmes valeurs, vous le savez. C'est pour n'avoir cessé de les défendre à vos côtés que je suis attaqué aujourd'hui d'une façon aussi ignoble. J'en paie le prix, mais qu'importe. Cette campagne de haine et de diffamation est bien la preuve que notre combat est juste et nécessaire, et qu'il dérange.

Jussieu se tait, le laissant parler, comme interloqué.

— C'est pourquoi nous devons, plus que jamais, faire front commun, poursuit Roussel. Si je suis élu, comme je n'ai aucun motif d'en douter, c'est à vous que je ferai appel pour former le gouvernement. Vous serez mon Premier ministre si vous n'y voyez pas d'inconvénient. Le plus jeune de l'histoire de la Cinquième République.

Jussieu reste sans voix, cherchant ses mots et quelle attitude adopter. Sans doute déterminé avant l'arrivée de Roussel à rompre avec lui, il paraît s'interroger à présent, pris de court par une opportunité qu'il n'aurait jamais osé espérer. Il hésite néanmoins à la saisir compte tenu des circonstances.

— Votre proposition me touche, commence-t-il par dire. Mais d'autres que moi me semblent plus qualifiés pour cette tâche…

— Je n'en connais aucun, l'interrompt Roussel, avec qui je me sente plus en accord sur la politique que nous devons mettre en place.

— Encore faut-il que nous gagnions la partie… La campagne présidentielle est d'ores et déjà empoisonnée par cette affaire qu'on vous impute… À tort ou à raison, la question n'est même plus là… Comment défendre nos idées dans ces conditions ? Je crains de ne pas vous être d'une grande utilité…

— Allons-nous abdiquer face à nos adversaires, leur laisser le champ libre comme ils voudraient nous y pousser ? s'exclame Roussel en le prenant par les épaules, les yeux fixés dans les siens. Le pays a besoin de nous. Notre devoir est de ne pas l'abandonner.

— Je dois réfléchir, accordez-moi un jour ou deux avant de vous donner ma réponse, lui demande le jeune député de l'Ain, l'air déboussolé, comme si les événements allaient trop vite pour lui tout à coup.

— Non, la situation ne permet pas de tergiverser, tranche Roussel, déjà convaincu que Jussieu va finir par céder et qu'il cherche seulement à se faire prier. Nous sommes confrontés à un instant décisif. Je ne peux pas attendre. Il me faut votre réponse tout de suite. Sans quoi je serai obligé de me rabattre sur n'importe qui d'autre et je n'aurai que l'embarras du choix, croyez-moi.

Jussieu continuant d'atermoyer, Roussel fait alors mine de prendre acte de son refus et de s'en aller. Mise en scène qui porte aussitôt ses fruits :

— C'est entendu, lâche Ludovic Jussieu avec un soupir de résignation qui masque mal son plaisir d'avoir dû se faire une raison.

L'accord étant scellé, l'entretien se conclut par une accolade.

— Merci encore Ludovic, s'écrie Roussel. J'en suis très heureux. Vous connaissant, je ne doutais pas de votre réponse. Pour le moment, gardons tout cela entre nous. Je vous téléphone ce soir ou demain matin au plus tard. Il me reste un dernier problème à régler.

Roussel adresse à Jussieu un sourire complice avant de se retirer, mais sans lui en dire plus sur l'étape suivante.

À peine sorti de l'appartement dont il n'a même rien vu, accaparé par son idée, il compose le numéro de la ligne privée du Premier ministre, Claude Anselme. Lequel décroche aussitôt comme s'il attendait son appel.

— Il serait urgent de se parler, ne crois-tu pas ? lui suggère Roussel d'une voix qui se veut conciliante.

— Ce qu'on te fait subir est intolérable, s'empresse de lui déclarer son successeur. Je suis à tes côtés, n'hésite surtout pas à me dire ce que je peux faire pour toi.

— Merci Claude. C'est bien pour cela que nous devons nous rencontrer au plus vite.

Le silence qui suit suffit à trahir l'embarras de son interlocuteur. Pris de court lui aussi, Anselme paraît déjà chercher le moyen de se dérober :

— Je comprends… Mais où ? demande-t-il benoîtement, comme si, excluant de le recevoir dans son bureau, il ne voyait aucun autre lieu susceptible de les abriter. Nous avons intérêt l'un et l'autre à nous voir sans être vus. Inutile d'attiser la curiosité.

Roussel feint de l'approuver :

— C'est aussi mon avis. Encore que, de mon côté, je n'aie rien à craindre de me montrer en ta compagnie. Mais tu as raison : dans tes fonctions, il faut savoir se préserver.

Roussel s'amuse du soulagement qu'il sent poindre à l'autre bout du fil. C'est tout juste si Anselme ne le remercie pas de sa compréhension. Roussel, qui le considère comme un personnage veule et facile à manœuvrer, motif pour lequel il ne s'est pas opposé à sa nomination, entreprend de l'amadouer sans trop le ménager :

— Il est plus que temps de mettre les choses au clair. Je sais exactement qui est à l'origine du coup monté contre moi. Le but est de me liquider et il se murmure de plus en plus que ce serait à ton profit. Je n'en crois rien, connaissant ta loyauté et ton sens politique. Mais le fait est qu'on cherche à nous dresser l'un contre l'autre. Dans ce cas, nous courons au désastre. C'est pourquoi nous devons avoir une explication d'homme à homme le plus rapidement possible. Je te retrouve là où ça t'arrange en fin d'après-midi. Mais pas plus tard, si tu le veux bien.

— Ta confiance m'honore ! Je partage ton opinion sur les conséquences funestes d'une division que nous devons à tout prix éviter, lui répond Anselme avec une solennité qui va de pair avec son art consommé de l'esquive. Mon agenda est très chargé, comme tu peux l'imaginer. Mais je suis d'accord avec toi sur la nécessité de dissiper toute ambiguïté entre nous…

— Aujourd'hui même, en tout cas, exige Roussel d'un ton plus impératif.

Les deux hommes finissent par convenir d'un rendez-vous en début de soirée dans un endroit « discret » suggéré par Claude Anselme : le domicile de l'un de ses enfants, rue de Bellechasse. Ils s'y rendront à une demi-heure d'intervalle pour éviter d'être repérés.

La rencontre se déroule sans témoin. Roussel, accueilli par Claude Anselme en compagnie de son fils aîné, demande aussitôt à pouvoir s'entretenir en tête à tête avec lui. Il passe très vite de la simple amabilité à une brutalité glaciale dans la façon de s'adresser à son successeur. Ce dernier, qui a toujours subi son ascendant, ne bouge pas, comme pétrifié sous les griefs qui s'abattent sur lui en rafale.

À cinquante ans, le corps sans âge, la silhouette sèche, le cheveu ras, la mine placide, la voix à l'élocution mesurée empreinte d'un sérieux professoral, cet ancien dirigeant d'entreprise est réputé pour sa parfaite maîtrise des chiffres et des dossiers. Cultivant l'art de passer inaperçu, Claude Anselme excelle à sa manière dans le rôle du second voué à servir d'autres ambitions que la sienne, ne serait-ce que pour masquer celles qu'on pourrait lui prêter. C'est sans avoir rien demandé qu'il est entré à Matignon, poussé par le jeu des circonstances et bénéficiant de calculs qui lui ont apparemment échappé. On croirait, à voir son allure humble d'homme toujours prêt à s'effacer, qu'il n'a accepté le poste que pour rendre service, par devoir et abnégation.

Roussel, déterminé cette fois à le démasquer, l'apostrophe d'entrée de jeu, le doigt pointé vers lui :

— Je t'ai fait confiance et tu m'as trahi. C'est toi qui es derrière toute cette affaire. De mèche avec le Vieux dans le but de me détruire pour mieux m'évincer. Un type comme toi à l'Élysée ? Félicitations, tu ne doutes de rien. Mais je suis venu t'annoncer une mauvaise nouvelle : tu ne pourras pas te présenter. Tu commettrais une terrible imprudence si tu te lançais dans cette aventure. Nous sommes au moins deux à savoir pourquoi…

Anselme, désarçonné par une attaque aussi frontale, paraît chercher des arguments pour se défendre. Blême, le regard bas, recroquevillé sur lui-même dans le fauteuil où il a trouvé refuge, il fait d'abord mine de ne pas comprendre :

— Que veux-tu dire ? s'étonne-t-il en prenant un air ahuri.

— Ne m'oblige pas à préciser, tu sais ce que je sais.

— Est-ce une menace ?

— Parfaitement.

Claude Anselme se redresse dans un sursaut d'indignation :

— Je ne te permets pas… C'est insupportable… Je ne me laisserai pas insulter de cette façon…

Roussel le fixe du regard, impassible, comme on regarde une proie prise dans les filets dont elle tente en vain de s'extirper. Anselme s'efforce encore de lui tenir tête quelques instants, avant de sembler abdiquer, sachant, en effet, que Roussel ne bluffe pas. Sûrement informé d'une affaire, vite étouffée en son temps, de détournement de fonds au sein de l'entreprise qu'Anselme dirigeait, peu avant son entrée en politique. Le genre de dossier dont Roussel est friand et qu'il prend soin de conserver, ce que plus personne n'ignore dans les milieux de pouvoir.

— Que comptes-tu faire ? s'enquiert Anselme d'un ton déjà résigné.

— Rien si, comme je l'imagine, tu décides de rester à ta place et d'annoncer dans les plus brefs délais qu'en aucun cas tu ne seras candidat… Sans quoi je n'hésiterai pas à user des moyens dont vous vous servez contre moi. Il y a une presse pour ça, ce n'est pas à toi que je vais l'apprendre…

Roussel ne s'attarde pas, se retirant sur ces mots après avoir adressé à son successeur un signe de la main en forme de regret.

Il ne lui a fallu que quelques heures pour remporter, ni vu ni connu, deux victoires à ses yeux décisives : avoir consolidé un soutien qui risquait de lui faire défaut, au prix d'une promesse facile à oublier, et s'être débarrassé de son rival potentiel le plus sérieux. Il regagne sa voiture avec le sentiment, assez grisant, d'avoir habilement manœuvré. Les cartes sont désormais rebattues sans que personne encore n'ait pu s'en apercevoir.

Roussel prolongerait volontiers cet « état d'immersion » où il peut agir ainsi incognito, coupé du monde, sans être là pour personne, s'il n'était contraint de refaire surface pour reprendre le fil d'une vie en plein jour, sous le regard de tous. Il aura vite fait d'apprendre ce qui s'est passé au-dehors durant cette courte absence où il a déserté la scène en semant le trouble autour de lui. Il lui suffirait, afin de le savoir, de rebrancher son portable habituel dont la messagerie doit être amplement saturée. Il se borne à demander à son chauffeur s'il a écouté la radio et « quelles sont les nouvelles », comme on s'informerait du temps qu'il fait, pour la forme et sans vraiment s'en préoccuper.

— On ne parle que de vous sur toutes les chaînes, lui répond Victor. Ça n'arrête pas ! Monsieur Servier vient d'annoncer sa démission et on dit que d'autres départs devraient suivre dans votre équipe. Certains élus de votre parti sont intervenus dans les médias pour exiger de vous des explications…

— Et quoi de plus intéressant ?

— Votre convocation chez le juge… La nouvelle vient juste de tomber.

— Logique, c'est leur but depuis le début, commente encore Roussel, en donnant cette fois l'impression de se parler à lui-même. Le juge est aux ordres. C'est un simple exécutant… Tout est parfaitement coordonné. Un peu trop… Les choses ne sont jamais aussi simples en politique.

— Où va-t-on, Monsieur ? demande son chauffeur qui attend ses ordres, prêt à démarrer.

— Chez moi. Je dois voir ma femme.

Il s'étonne presque de ne pas y avoir pensé plus tôt.

16

La bête blessée

— Les enfants ont appelé… Ils vous embrassent !

Un message codé, comme souvent chez Héloïse. Roussel appréhendait plus que jamais la réaction de sa femme à la nouvelle enquête publiée contre lui, tout en se demandant comment elle s'y prendrait cette fois encore pour occulter le sujet. Ses premiers mots, lorsqu'il est entré dans le salon en milieu de soirée et s'est approché d'elle d'un air faussement assuré, ont suffi à le tranquilliser.

Il n'y aurait ni drame ni reproche. Héloïse, ignorant à quelle heure il rentrerait, l'a attendu patiemment, occupée à lire la presse du jour et à écouter des poèmes symphoniques de Debussy, son compositeur préféré. Elle a veillé à ne lui parler de rien d'autre à son arrivée que de leur vie de famille. Une façon détournée de lui redire qu'il pourrait toujours compter, quoi qu'il arrive, sur la solidarité du clan. Quant à l'objet du scandale, Héloïse a clos toute discussion par avance, préférant lui rappeler, d'une manière tout aussi allusive :

— À propos des enfants, n'oubliez pas que nous sommes de mariage dans deux semaines. J'espère que vous avez bien noté la date dans votre agenda.

Roussel s'est contenté d'acquiescer en souriant. Il s'en souvenait naturellement, mais comme d'un événement devenu si incertain dans ce contexte qu'il a du mal à se le figurer. Où en sera-t-il, d'ici là, de son affaire ? Tout se jouera sur le fil jusqu'au dernier moment. Et le plus probable est que rien ne soit vraiment réglé avant la cérémonie.

Est-ce l'excès d'optimisme avec lequel Héloïse semble envisager l'avenir qui lui fait peur tout à coup ? Il veut éviter de son côté, ne serait-ce que par superstition, de se montrer trop confiant. Les deux paris qu'il vient de remporter coup sur coup n'en demeurent pas moins aléatoires. Le ralliement de Jussieu peut toujours être remis en cause si la situation se révélait intenable. Et l'effacement d'Anselme dépendrait de sa propre capacité à se maintenir. Roussel se fait néanmoins un devoir de ne trahir aucune crainte devant sa femme.

Il glisse sur les mauvaises nouvelles du jour pour lui raconter, assis près d'elle, les manœuvres souterraines auxquelles il vient de se livrer. L'opération de charme qui lui a permis de retourner « ce benêt de Jussieu, qui n'y a vu que du feu ». Et le chantage qu'il a dû exercer sur « le pauvre Anselme pour le ramener à la raison ».

— Bravo, bien joué ! le félicite Héloïse, acquise depuis longtemps à l'idée que la politique est un jeu sans morale, où tous les mauvais coups sont permis et presque conseillés.

— Merci, lui répond-il en esquissant un geste affectueux. C'est vous qui me donnez la force de continuer. Vous avez toujours été ma meilleure alliée. La seule personne sur qui je puisse vraiment m'appuyer.

Sa femme et lui ont si peu l'habitude de rivaliser de compliments que Roussel se sent maladroit, emprunté sous le regard d'une Héloïse qui n'en demande pas tant. Si ce n'est de ne le voir reculer devant aucun obstacle pour remporter l'étape finale.

Ils passent seuls cette fin de soirée, partageant le plateau-repas qu'Héloïse est allée préparer rapidement à la cuisine. Ils échafaudent des plans afin de relancer sa campagne présidentielle en train de s'enliser. Héloïse plaide pour une initiative à laquelle son mari souscrit d'autant mieux qu'il l'a lui-même suggérée à son équipe dès le début de l'affaire : la mise en avant de leur couple. C'est le démenti le plus efficace qu'il puisse opposer aux « allégations » adverses. La meilleure riposte à ce qui finira par apparaître au plus grand nombre comme « une abominable calomnie ». Héloïse se dit prête à venir témoigner à ses côtés lors d'un journal télévisé. Sinon à prendre la parole lors d'un prochain meeting pour évoquer publiquement la relation qui les unit depuis des décennies.

— Qui pourrait nier que je vous connais mieux que personne ? Si vous étiez l'homme qu'on décrit, j'aurais été la première à m'en apercevoir, insiste Héloïse sur un ton étonnamment persuasif.

— C'est un argument de poids, en effet, approuve Roussel, conscient de ne pas avoir d'autre choix que de se prêter, entre elle et lui, à cette comédie des apparences, registre sur lequel ils ont toujours su s'accorder.

Mais comment pourraient-ils désormais célébrer leur entente conjugale sans s'exposer à la risée des médias ? Roussel peine à les imaginer posant au couple modèle, main dans la main et les yeux dans les yeux, devant des millions de Français qui devraient les croire sur parole. Héloïse impressionnerait sans doute par son courage et sa dignité. Mais Roussel serait condamné, quant à lui, à endosser le rôle du mari vertueux qui n'aurait rien à se reprocher. Une parodie insoutenable, à moins de se repentir publiquement de ses infidélités. Dans les deux cas, un fiasco assuré, le ridicule en plus.

— À la réflexion, se ravise-t-il peu après, je crois préférable que vous vous teniez en dehors de tout cela. Vous n'imaginez pas ce dont ils sont capables. Ils ne vous épargneront pas. Vous n'êtes pas responsable des erreurs que j'ai pu commettre.

C'est la première fois qu'il reconnaît devant elle, même à demi-mot, que tout n'est pas faux dans les dérives qu'on lui prête. Des « erreurs » ? Héloïse fait comme si elle n'avait rien entendu. Faute sans doute d'avoir appris quelque chose qu'elle ne sache déjà.

— Pour le reste, poursuit-il, c'est à moi seul de répondre devant la justice des actes que je n'ai pas commis et dont on m'accuse néanmoins pour d'autres motifs…

— Avez-vous vu votre avocat ? l'interroge Héloïse. Il cherche à vous joindre depuis le début de l'après-midi en demandant instamment que vous le rappeliez.

— J'avais coupé mon portable… Pour des raisons que vous connaissez à présent. J'avais besoin de prendre le temps de la réflexion… Lessner comprendra. Je vais l'appeler dès maintenant pour le voir à son cabinet demain matin à la première heure. Ou tout de suite : c'est un couche-tard…

Héloïse s'absente un moment pour aller vider un cendrier débordant de mégots. À peine revenue dans le salon, elle allume une autre cigarette et propose d'ouvrir une bouteille de champagne pour trinquer à leur « future victoire ». Roussel constate une fois de plus que sa femme s'est remise à boire et à fumer, inquiet de la voir renouer avec de vieux démons.

— C'est un peu prématuré de fêter quoi que ce soit, vous ne trouvez pas ? la rabroue-t-il d'un ton agacé.

Et d'ajouter quelques instants plus tard, en refermant son portable :

— Excusez-moi, il faut que je file. Lessner veut me parler. Il a du nouveau.

— Il est presque minuit, s'étonne Héloïse. Votre chauffeur est rentré chez lui.

— Lessner dîne dans le quartier, lui explique-t-il brièvement. Il passe me prendre. C'est à cette heure qu'il me donne rendez-vous le plus souvent. Une vieille habitude entre nous…

L'avocat l'attend dans sa voiture, tous phares éteints, en bas de son domicile. Il démarre aussitôt en direction du Trocadéro et des Hauts de Passy, puis bifurque vers les jardins du Ranelagh, déserts à cette heure, où Lessner peut garer son véhicule sans crainte d'être remarqué.

La vitre entrouverte, l'avocat allume son dernier havane de la journée dont il aspire la fumée en savourant ce moment de répit, la tête légèrement renversée en arrière. Des deux côtés du parc plongé dans une semi-pénombre, les hautes façades des immeubles sont parsemées de quelques fenêtres encore éclairées. C'est non loin de là, du côté de l'hippodrome de Longchamp et du boulevard Suchet, songe Roussel en examinant l'aspect des lieux, que le corps de Fouad Layannah a été retrouvé au petit matin. Sans qu'on ne sache encore ni par qui ni pourquoi le jeune homme a été liquidé dans un endroit surtout fréquenté à cette heure tardive par des échangistes en patrouille dans l'obscurité, le long des allées.

Roussel se demande si Lessner l'a entraîné par hasard dans ces parages dont il semble familier. Est-il un adepte de ce genre de rencontres nocturnes où l'on peut s'adonner aux pratiques sexuelles à plusieurs, sans limite de genre ?

— À quoi pensez-vous ? l'interroge l'avocat comme s'il pressentait les questions que Roussel se pose sur leurs raisons d'être là.

— À ce qui a bien pu se passer ici cette fameuse nuit où tout a commencé, lui répond Roussel qui, se trouvant quasiment à proximité des lieux du crime, mesure l'étrangeté de sa situation.

— Il est possible que nous ne le sachions jamais, c'est assez fréquent que ce type d'affaire reste non élucidée, rappelle Lessner qui lui avoue être revenu ici une fois ou deux, non à la recherche de quelque indice, mais en souvenir du jeune homme.

Puis l'avocat lui résume l'état du dossier le concernant :

— Votre convocation par le juge Renoir ne m'a pas été notifiée. On est dans le flou pour l'instant. En fait, ils n'y ont aucun intérêt. Une telle comparution en pleine campagne présidentielle, susceptible de déboucher sur une mise en examen, serait extrêmement nuisible à l'image d'une justice impartiale. Elle ne ferait que confirmer qu'elle est bien, dans le cas précis, aux ordres du pouvoir. Cela vous permettrait, en outre, d'accéder au dossier de la procédure, avec le risque de révéler qu'il ne contient aucune preuve contre vous. Ils n'ont rien, non plus, à y gagner, sachant que vous pourriez demander, en bénéficiant du statut de témoin assisté, à être confronté aux personnes qui vous mettent en cause. En particulier le présumé frère de la victime qui s'est probablement volatilisé… Ce serait vous faciliter la tâche, d'une certaine manière. Ce qui n'est pas le but recherché. Ils ont tout intérêt là encore à laisser planer les soupçons le plus longtemps possible. La nouvelle de cet interrogatoire est d'ailleurs venue de Pablo, c'est leur site qui l'a annoncée. Pour continuer, sans doute, à faire pression sur le juge… En revanche, Renoir peut déclencher une perquisition dans ce qui vous servait de garçonnière. Ce serait presque la moindre des choses au point où nous en sommes. Votre ami Jelloul a confirmé en début de soirée qu'il était bien le propriétaire des lieux. C'est lui, par conséquent, qui serait contraint de se trouver sur place, ou la personne qu'il désignerait. Vous ne seriez en aucune manière tenu d'y assister, bien que directement visé. Mais là encore, la justice donnerait l'impression d'un acharnement… disons partisan.

— Ils peuvent toujours chercher, ils ne trouveront rien, bougonne Roussel.

— Le problème n'est pas là, vous le savez bien, corrige Lessner. Mais tout est loin d'être perdu.

— Que voulez-vous dire ? sursaute son voisin en se penchant vers lui.

— Gardez cette information strictement pour vous. J'ai encouragé un journaliste indépendant à reprendre l'enquête à zéro. C'est un spécialiste de ce genre d'investigation, très respecté dans sa profession, pour qui la vérité ne se réduit pas à ce qu'on cherche à démontrer. Il s'intéresse de très près à la piste marocaine. Il se trouve d'ailleurs sur place, vivant à Agadir la plupart du temps. Aux dernières nouvelles, il aurait progressé de ce côté-là. Je n'en sais pas davantage pour l'instant…

— Il a raison de fouiller dans cette direction. Mais j'espère qu'il ne tardera pas trop à publier ses conclusions.

— Ce serait imminent, selon lui… Qu'allez-vous faire en attendant d'éventuelles bonnes surprises ?

— Essayer de colmater les brèches, soupire Roussel.

Le lendemain, le candidat préside la réunion, provoquée en urgence, de son comité stratégique. Une photographie prise à son insu le montre pour une fois sans cravate, l'air distrait et le regard ailleurs. Il tient entre les mains des lunettes de vue, comme pour se donner une contenance, indifférent à l'agenda resté grand ouvert devant lui. Autour de lui, chacun paraît vaquer à ses occupations. Les uns échangent des informations et prennent des notes, les autres téléphonent de leur portable ou tapotent sur leur ordinateur.

Roussel sort d'une entrevue pénible avec Pierre Servier, venu lui remettre sa lettre de démission en début de matinée. Il a glissé l'enveloppe dans la poche de son veston d'un geste brusque, sans prendre la peine de la décacheter. Servier lui a expliqué, avec son détachement habituel, pourquoi il ne s'estimait plus en mesure de le soutenir. Il s'est dit « désarçonné » de découvrir « une face insoupçonnée » de son personnage, « en contradiction flagrante avec les principes et les idées que nous avons défendus si longtemps en commun ». Il déplorait que Roussel ait adopté par la suite « un système de défense suicidaire », conduisant à désigner d'éventuels coupables, au lieu de reconnaître ses propres torts. Le scandale prenant de l'ampleur, c'est, au-delà de lui-même, l'ensemble de sa famille politique, « notre camp », que le candidat expose ainsi à une « défaite inéluctable ». Servier a pris acte avec regret de son refus de se retirer au profit d'un candidat mieux placé pour l'emporter. Il refuse, dans ces conditions, de s'associer plus longtemps à « une aventure politiquement et moralement injustifiable ».

— Soit, l'a interrompu Roussel en balayant de la main ce dernier argument. Votre décision n'est pas une surprise. Si votre souffrance était à ce point intolérable, vous auriez mieux fait de vous l'épargner plus tôt que cela. Mais je m'étonne d'un homme aussi avisé qu'il se soit laissé intoxiquer de cette manière…

Roussel a coupé court à une discussion dont il n'avait plus grand-chose à attendre. Les deux hommes se sont quittés froidement, Roussel n'ayant rien tenté pour le retenir.

Puis il a enchaîné avec la réunion du comité dont il n'espérait rien de plus réjouissant. Distinct de son équipe de campagne, ce comité est une sorte d'instance supérieure qui regroupe ses principaux soutiens, présidents de groupes parlementaires, grands élus régionaux, figures emblématiques de la droite et du centre. Roussel sait qu'il n'a pas que des alliés parmi eux, les plus hostiles guettant sa chute avec une attention accrue. D'autres ont fait savoir depuis les révélations de la veille qu'ils cessaient désormais de siéger dans cette instance ou suspendaient leur participation jusqu'à nouvel ordre. Amis ou ennemis, beaucoup parmi les présents sont venus voir « la bête blessée », comme l'un d'entre eux l'a reconnu à voix basse avant son arrivée, partagés entre malaise et délectation.

Roussel prend la parole brièvement en début de séance pour stigmatiser de nouveau « une opération concertée des médias et de la justice, bénéficiant hélas de quelques complicités politiques en vue de torpiller ma candidature ». Au risque d'apparaître comme un homme entravé de tous côtés… Avec la même véhémence, il assure qu'il se battra « jusqu'au bout », refusera d'« abdiquer devant la médisance et la calomnie », confiant dans « la clairvoyance de nos concitoyens qui ne se laisseront pas aveugler ». Il appelle ses soutiens, comme s'il en doutait, à « faire preuve du même sang-froid et de la même détermination » que lui dans cette épreuve. Avant de conclure par une sorte d'appel à l'aide, la seule phrase qui sortira de ce huis clos, répercutée à dessein auprès des journalistes par certains membres du comité :

— J'ai besoin de vous, vous pouvez compter sur moi.

Puis Roussel invite le comité à « exprimer son point de vue sur la situation », se déclarant prêt à lui fournir « tous les éclaircissements souhaités », comme s'il s'adressait déjà à un jury d'assises. Beaucoup se taisent, impuissants à masquer leur embarras. Les seuls à intervenir se font l'écho des « réactions sur le terrain d'électeurs de plus en plus déconcertés ». Après les incidents de Bobigny, leur crainte est de voir les mêmes manifestations se reproduire à chacun de ses déplacements. Faut-il les réduire ou les annuler ? Et doit-on ou non réviser le calendrier des prochains meetings prévus à Lille, Besançon, Nice et Bordeaux ?

La réponse vient comme souvent du directeur de campagne, Ludovic Jussieu, assis tout à côté du candidat. Le jeune député se lève pour exhorter ses pairs à maintenir coûte que coûte le programme prévu. Autour de la table, on s'étonne d'un revirement aussi subit chez celui qui, deux jours auparavant, paraissait si près d'abandonner la partie. Plus surprenant encore, son appui sans nuance à un candidat décrié pour sa vie dissolue et ses mauvaises mœurs.

La harangue de Jussieu provoque un tollé dans l'assistance. Partisans et adversaires de la ligne dure s'affrontent ouvertement, divisés sur la manière de sauver la campagne en cours – si tant est, pour les plus sceptiques, qu'on puisse encore éviter un naufrage. On fait état autour de la table des dernières rumeurs qui circulent dans la capitale sur de prochains sondages encore plus désastreux et d'autres défections imminentes dans les rangs de la majorité… Le tout sous le regard lointain et comme indifférent d'un Guillaume Roussel auquel plus personne n'adresse la parole sans qu'il fasse lui-même l'effort de trouver un interlocuteur à qui parler.

Il s'apprête à repartir, prétextant quelque rendez-vous urgent, quand Ludovic Jussieu lui glisse à l'oreille une information de toute dernière minute : un communiqué de l'Élysée vient de tomber. Jussieu a déjà le texte en main, publié par l'AFP dans une dépêche apportée par sa secrétaire. Roussel le lit d'une traite avant de replier la feuille et d'annoncer aux membres du comité, la voix secouée d'un rire amer :

— C'est fait ! Le Vieux se pose en recours. Il se déclare prêt à se dévouer au cas où… Cette fois, le crime est signé. Chacun d'entre vous sait désormais à quoi s'en tenir.

Au tumulte succède le silence d'une assemblée médusée, même si le léger sourire qui s'esquisse sur leur visage laisse penser que quelques-uns étaient déjà dans la confidence. Roussel va se retirer dans son bureau afin de se concerter avec Jussieu et ses plus proches lieutenants. Il apprend dans la foulée qu'une équipe de campagne vient de se constituer à l'Élysée, sous la houlette de Sybille Royer et de son ancien condisciple, Pierre-Jean Labarthe, spécialement chargé par Moulins-Duthilleul de rallier les élus de droite.

Roussel décide de riposter, par voie de presse, à ce qu'il qualifie d'« effarante déclaration de guerre ». Il confirme maintenir naturellement sa candidature, « seul espoir d'une France tournée vers l'avenir ». Il indique son intention de confier Matignon à un jeune Premier ministre, sans préciser son nom, une fois élu à la présidence de la République.

Une indiscrétion venant des amis de Ludovic Jussieu laisse entendre, dans l'après-midi, que son choix pourrait se porter sur le benjamin de l'Assemblée. Ce qui expliquerait leur rapprochement inattendu… Cette rumeur, non démentie par le candidat, ne fait que raviver les tensions au sein de la Droite populaire et parmi ses alliés du Centre. Plusieurs élus influents, consternés à l'idée de ce « tandem improbable », manifestent par avance leur désaccord, préférant à tout prendre soutenir une éventuelle candidature du président sortant.

Une voix abonde dans le même sens en début de soirée : celle du chef du gouvernement, Claude Anselme. Le Premier ministre salue dans une interview publiée sur le site d'un grand quotidien l'initiative du chef de l'État, « un sage, dit-il, prêt à se sacrifier pour préserver à la tête du pays un exemple d'intégrité et de modération ». Guillaume Roussel a des raisons qui ne tiennent qu'à lui, cette fois, de se sentir doublement floué.

17

Ultimes révélations

« Roussel ? Un loup solitaire qui chasse en meute. » Cet oxymore est signé de Norbert Pablo dans un article publié à l'époque où le journaliste vantait les mérites, avec une rare indulgence, du « seul homme de droite digne d'intérêt ».

Guillaume Roussel considère encore aujourd'hui que rien de plus juste n'a été écrit sur lui. Pablo avait su cerner d'une phrase tout ce qui faisait sa singularité : celle d'un leader qui dominait la faune politique sans se confondre avec elle. Toujours un peu à part et distinct du reste de la troupe, mais doté d'un savoir-faire certain pour ne s'entourer que de prédateurs à son image. Des hommes liges qui lui doivent tout, dont il semble avoir façonné l'âme et le caractère et connaît de longue date les moindres secrets.

Parmi ces proches à la fidélité jamais démentie jusque-là, figurent deux personnages clés issus du même « corps d'origine », mais dans des promotions distinctes : le secrétaire général du parti et député d'Indre-et-Loire,

Bertrand Deleusse, et le président de l'Assemblée nationale, Benoît Charbonneau. Roussel ne s'est pas inquiété de leur absence à la réunion du comité, l'un et l'autre ayant invoqué des obligations « incontournables ». Mais il a été surpris de leur silence après l'annonce de l'Élysée et les bruits qui ont circulé sur le choix de son futur Premier ministre. Seraient-ils, à leur tour, sur le point de passer à l'ennemi ? Flairant le danger de les voir se retourner contre lui, il les a conviés à prendre un petit déjeuner tôt le lendemain matin à son domicile.

Les deux hommes se présentent ensemble, signe qu'ils ont dû se concerter avant leur arrivée. Il les reçoit en robe de chambre, s'excusant d'avoir oublié l'heure du rendez-vous après une nouvelle nuit d'insomnie. Il les observe côte à côte, frappé par une ressemblance qu'il n'avait jamais remarquée avec autant d'acuité : un même embonpoint dans un corps de petite taille, un même visage glabre et potelé, un même air de roublardise sous une apparence de jovialité et de fausse candeur.

Roussel leur montre la une d'un quotidien de gauche qu'on vient de lui apporter, titrée *Échec et mat*, avec sa photo en grand sur la couverture : « Ils me croient déjà mort », ricane-t-il en observant leur réaction.

— Ma femme n'est pas encore prête, elle nous rejoindra peut-être tout à l'heure, s'excuse-t-il. Profitons-en pour parler entre nous… La situation étant ce qu'elle est, chacun a le devoir de clarifier sa position. Certains viennent de le faire sans avoir pris le temps de réfléchir.

Ils n'attendaient que cette occasion de me lâcher. C'est fait. Et vous ?

Pris de court par cette question brutale, les deux hommes se consultent brièvement du regard comme pour se répartir la tâche. Deleusse, le secrétaire général du parti, prend la parole en premier :

— J'espère que tu ne doutes pas de notre fidélité. Nous te suivrons quoi qu'il arrive, même si tu nous mets trop souvent devant le fait accompli. Mais le problème n'est pas là…

— C'est quoi, le problème ? s'impatiente Roussel. Évitons les préliminaires…

— Nous sommes sûrs que tu n'es pour rien dans ce qu'on te reproche, affirme Deleusse. Mais cette affaire est en train de paralyser toute ta campagne. Notre parti va finir en lambeaux si ça continue. Et nous savons qui risque de rafler la mise. Non pas Moulins-Duthilleul, contrairement à ce qu'il croit, mais le candidat de gauche. Les sondages sont alarmants.

— Que veux-tu que je fasse ? Que je me retire de la course ? C'est ça que vous attendez de moi ? Dans ce cas, vous perdez votre temps, leur rétorque Roussel, l'œil braqué sur chacun d'eux à tour de rôle.

Benoît Charbonneau, le président de l'Assemblée, attend pour lui répondre que le maître d'hôtel, venu leur proposer du café et des mignardises, ait quitté la pièce. Il nie toute arrière-pensée de cet ordre :

— Non, bien évidemment que non. Personne dans notre camp ne peut espérer gagner à ta place. Toi seul es légitime. C'est pourquoi tu aurais tout intérêt à te mettre en retrait le temps de régler ce problème qui t'empêche de faire campagne et nous avec.

— Tu plaisantes, j'imagine… Nous sommes à quelques semaines du premier tour. Ce n'est pas le moment de déserter le terrain. Je t'ai connu mieux inspiré.

— Réfléchis bien, insiste Bertrand Deleusse, qui prend le relais. Tu ne courrais aucun risque en te tenant à distance de tout ça, pendant une courte durée naturellement. Au contraire : tu t'imposerais plus que jamais comme le maître du jeu. Aucun de nos adversaires n'oserait t'attaquer si tu décidais de suspendre ta campagne et Moulins-Duthilleul en serait réduit à piaffer en attendant ton retour dans l'arène. Une fois la pression retombée, tu reviendrais en position de force.

— Vous cherchez à m'exfiltrer si je comprends bien, en conclut Roussel sans se départir de son calme ni hausser la voix. Et avec mon consentement, de surcroît… Je suppose que vous allez quitter le navire à votre tour si je ne vais pas dans votre sens…

— Non, il n'est pas question de cela, assure Charbonneau avec l'approbation de son collègue. Sauf si le navire finit par couler et que tu nous demandes malgré tout de rester à bord, ajoute-t-il pour plaisanter, sans que Roussel ait l'air d'apprécier son humour.

Il préfère en rester là, sous peine de voir cette discussion dégénérer, fixé une fois pour toutes sur la fragilité des soutiens qu'il peut encore espérer :

— Excusez-moi, je dois aller me préparer, leur explique-t-il en se levant pour raccompagner ses deux visiteurs. Je vous rappelle très vite.

Il se raccroche au seul espoir sérieux qui lui reste et dont il s'est bien gardé de leur parler : l'enquête suscitée par Lessner, qui devrait permettre d'élucider toute l'affaire. Plus personne à partir de là ne pourrait douter de son innocence. Ni lui disputer sa place.

Tandis que le climat ne cesse, dans les jours suivants, de se dégrader autour de lui, sur fond de sondages en berne, de défections en série et de menaces judiciaires persistantes, Guillaume Roussel offre l'image d'un candidat étonnamment apaisé qui ne craindrait plus rien pour son avenir – soit qu'il ait décidé d'abdiquer, soit qu'il ait d'autres raisons de se maintenir. Il laisse dire quand on lui rapporte les nouvelles trahisons d'amis réputés proches, les visites à l'Élysée de députés de son parti venus faire allégeance au vieux souverain sur le point de garder son trône. Roussel ne s'en offusque pas, se contentant de faire remarquer avec philosophie que « la nature humaine est ainsi faite » et qu'il n'y a pas à s'en étonner. Il continue de préparer, comme si de rien n'était, les discours de ses prochains meetings, travaille avec ses équipes sur ses thèmes de campagne en vue des futurs débats télévisés, reçoit longuement les visiteurs qui se présentent encore à sa permanence électorale.

Un seul homme sait quelle fébrilité se cache sous ce flegme apparent : son avocat, harcelé par Roussel plusieurs fois par jour pour savoir s'il a des nouvelles de son contact et quand doit sortir son papier. « Demain ou après-demain », lui répond invariablement Lessner sans parvenir à calmer son impatience. Jusqu'à cette fin d'après-midi où, précédant son appel, il demande à Roussel de le rejoindre séance tenante à son cabinet.

Lessner affiche à son arrivée l'air satisfait d'un avocat enfin sûr de son dossier. Il lui tend sans la commenter une copie de l'article qu'on lui a transmis avant parution. Roussel le parcourt en quelques minutes, stupéfait de ce qu'il découvre.

Le journaliste a enquêté à Tanger et à Casablanca auprès des connaissances de Fouad Layannah et des membres de sa famille. Il est le premier à les avoir interrogés, preuve qu'on ne s'est guère intéressé avant lui aux raisons de cet assassinat ni à identifier ses auteurs et ses commanditaires. Il cite en particulier le témoignage d'un des meilleurs amis de la victime, qui a accepté de lui parler à condition que son nom ne soit pas cité.

Fouad lui avait tout raconté avant sa mort. Il se sentait en danger depuis qu'il avait reçu, un mois auparavant, la visite dans un hôtel parisien de deux individus venus l'interroger sur sa liaison présumée avec l'ancien Premier ministre, Guillaume Roussel. Ces deux hommes, qui s'étaient présentés comme des « agents des services secrets », souhaitaient récupérer une photo jugée « très compromettante » où il posait en sa compagnie. Ils lui reprochaient de la faire circuler, au risque de porter atteinte à la réputation d'un homme promis aux plus hautes fonctions, en se vantant de le compter parmi ses clients les plus notoires. Fouad Layannah s'en défendit, qui se souvenait d'avoir dîné un soir à Genève à la même table que Roussel parmi d'autres convives. Mais sans jamais l'avoir revu par la suite, ni avoir entretenu avec lui la moindre relation.

« Les deux acolytes, faute d'obtenir de lui le document exigé, menacèrent de le dénoncer pour "délit de prostitution" s'il n'acceptait pas de "collaborer", rapporte le journaliste. Fouad Layannah refusa de céder à ce chantage, préférant à tout prendre subir les interpellations de la police dont il avait l'habitude. »

Le journaliste n'avait pas réussi à savoir qui étaient exactement ces deux hommes qui avaient continué de harceler le jeune Marocain, ni à quelles fins ils faisaient pression sur lui. « Était-ce pour l'intimider et s'assurer de son silence ? Ou pour utiliser les preuves qu'il était censé détenir dans le but d'entraver l'élection de Guillaume Roussel ? Toujours est-il qu'à défaut de pouvoir se servir de lui vivant, c'est le cadavre de Fouad Layannah qu'on a utilisé dans ce but », conclut l'auteur de l'enquête qui s'appuie sur un autre élément pour étayer sa thèse : le fait, vérifié auprès de sa famille, que Fouad Layannah était le seul garçon d'une lignée de cinq enfants, dont quatre filles : « Son présumé frère n'ayant jamais existé, il y a donc toutes raisons de penser que la lettre incriminant Roussel est elle-même un faux. »

— Tout est réglé pour vous, exulte déjà Édouard Lessner. La voie est libre, vous serez élu sans difficulté. Moulins-Duthilleul sera contraint de faire acte de repentance et votre ex-ami Jelloul de vous présenter lui aussi ses excuses avant de s'effacer à jamais. Quant au fameux Pablo, il se contentera d'expliquer, comme toujours, que l'essentiel est de chercher la vérité, peut importe les dommages collatéraux.

— C'est vous, pour une fois, qui allez trop vite en besogne, lui dit Roussel en posant la copie de l'article sur son bureau. Que la lettre en question soit un faux est une chose. Nous n'en avons jamais vraiment douté, vous et moi, et vous avez été le premier à le penser. Mais pour le reste, rien n'est clair dans cette histoire. Si on en croit le récit de la victime, c'est pour l'empêcher de me nuire que ces barbouzes auraient agi. Fouad ne nie pas, de son côté, être en possession de cette photo qu'ils sont venus chercher et dont il refuse de se séparer. Tout au plus dément-il vouloir s'en servir, d'autant qu'il leur confirme n'avoir jamais entretenu de relation avec moi.

— C'est une donnée essentielle qui achève de vous disculper, souligne l'avocat. Que pouviez-vous espérer de mieux ? Tous les soupçons qu'on faisait peser sur vous s'effondrent d'un coup…

— C'est un grand soulagement pour moi, vous l'imaginez bien. Je vous en serai toujours reconnaissant. Mais il subsiste quelque chose d'incompréhensible dans cette affaire. Comment expliquer, par exemple, que ce soit sous le prétexte de me protéger qu'on en soit arrivé à me traîner dans la boue ? Et pourquoi suspecter Layannah de vouloir me faire du tort comme il en avait les moyens, si ce n'était pas dans son intention ?

— Je me porte garant de lui. À supposer qu'il ait cherché à vous nuire, qu'aurait-il eu à y gagner ? Ce n'était pas son intérêt, ajoute Lessner. Ni son genre, je suis bien placé pour le savoir.

— Vous avez probablement raison… De toute façon, estime Roussel, c'est maintenant à la police et à la justice de faire leur travail.

— Tenez-vous-en là, lui conseille Lessner. Vous avez trouvé la bonne formule. C'est aux autorités concernées de faire toute la lumière sur ce qui s'est vraiment passé. Vous ne devez plus vous en mêler. Vos futures fonctions vous imposent désormais de prendre la hauteur et le recul nécessaires.

Roussel a encore du mal à se convaincre que le cauchemar qu'il vient de traverser soit enfin terminé. Il peine à y croire, tiraillé entre un sentiment de délivrance et la hantise d'être rattrapé par d'autres révélations que ses ennemis auraient gardées en réserve. Ils ont exploité les plus accablantes, avec l'espoir qu'il ne s'en relèverait pas. Disposent-ils contre lui de nouvelles informations qui pourraient se révéler tout aussi redoutables ? C'est presque par superstition, comme si le sort avait trop vite tourné en sa faveur, qu'il préfère rester sur ses gardes, ne pas céder à une confiance prématurée. Rien n'est vraiment joué, même si tout paraît « réglé », selon le mot de Lessner. Roussel pense lui aussi que la partie est probablement gagnée, mais il ne peut s'empêcher d'envisager des hypothèses moins optimistes. Comme s'il était déjà trop tard, même blanchi, pour ne plus être considéré comme suspect.

À Édouard Lessner qui, le sentant préoccupé, l'interroge sur son état d'esprit, il avoue être en proie à des impressions contradictoires. Libéré sans être tout à fait apaisé :

— Cette affaire laissera des traces. Il subsistera toujours un doute, ne croyez-vous pas, sur l'homme que je suis vraiment…

— C'est la moindre des choses ! s'écrie son avocat en riant. Vous ne pensez tout de même pas vous en tirer à si bon compte. Mais vous pourrez toujours invoquer une formule que vous avez employée un jour dans une interview : « La politique n'a jamais occupé toute ma vie. Elle ne la résume pas. »

— Oui, c'est assez bien trouvé, reconnaît Roussel sur le même ton. Pour une fois que je dis la vérité. Je crois même que je n'ai rien déclaré d'aussi juste depuis le début de ma carrière.

Après la parution de l'enquête, Roussel jugera excessive et ridicule la une d'un grand quotidien le présentant comme un « rescapé ». Non sans estimer, au fond de lui, que ce mot résume bien sa situation et la façon dont il l'a lui-même perçue dans les premiers moments. D'autres commentateurs vont jusqu'à saluer « une sorte de miraculé, sauvé in extremis du naufrage, mais régénéré par l'épreuve ». Le changement de ton est radical dans les médias, où le paria d'hier n'est pas loin d'être traité en héros. Ainsi du plus célèbre des journalistes politiques, Jean-Jacques Rostant, jamais avare d'éloges quand il s'agit de se rapprocher du nouveau pouvoir et qui se présente comme un ami du futur président.

C'est à ce familier de l'Élysée et inamovible confident de ses occupants successifs que Guillaume Roussel, invité de son journal télévisé, a souhaité réserver une information exclusive. À une question de Rostant, préparée de concert, sur la personne qui l'a appelé en premier, sitôt l'enquête publiée, le candidat apporte cette réponse immédiate :

— Le chef de l'État, et j'en ai été particulièrement touché. Il n'y a rien de surprenant à cela, compte tenu des liens qui nous unissent. N'oubliez pas que j'ai eu l'honneur d'être son Premier ministre… Je tiens ici, devant vous, à exprimer au président Moulins-Duthilleul ma gratitude et ma fidélité.

— Et que vous a-t-il dit, en substance ?

— Il m'a assuré de son plein soutien et simplement déclaré, avec ce style direct qui le caractérise : « L'avenir vous appartient. » C'est une formule superbe. Pouvais-je espérer meilleur encouragement ?

ÉPILOGUE

Il a tout de suite reconnu son écriture sur l'enveloppe, déposée à l'intention personnelle du président de la République auprès du service de sécurité de l'Élysée. À l'intérieur, sur une carte de visite au nom d'Antoine Jelloul, ces deux mots manuscrits, signés de ses seules initiales : *Mission accomplie*. Intrigué par ce message, Guillaume Roussel a d'abord fait comme s'il n'avait aucune raison de s'y intéresser. Il n'était pas prêt à renouer avec son ancien mentor, dont le jeu trouble ne lui avait guère profité. Il a laissé s'écouler plusieurs semaines, accaparé par ses nouvelles fonctions, avant de changer d'avis et de l'inviter à venir le voir un dimanche du mois de juillet, en fin d'après-midi.

Soucieux d'entourer cette rencontre d'un maximum de confidentialité, il lui a demandé de le rejoindre en passant par la grille du Coq, l'entrée du palais réservée aux « visiteurs du soir ». Un chemin que Jelloul avait l'habitude d'emprunter du temps de son prédécesseur.

Les deux hommes, qui ne se sont pas revus depuis leur rendez-vous du Bristol, font mine de se retrouver comme s'ils ne s'étaient jamais quittés. Après une brève accolade, ils rivalisent d'amabilités l'un envers l'autre. Le nouveau président, en tenue de week-end, évoque les contraintes auxquelles il est soumis depuis son élection. Il plaisante sur sa condition de « prisonnier », en souvenir du bon temps où il pouvait s'évader à loisir sans être placé sous surveillance. Et son ex-protecteur, costumé et cravaté comme pour une cérémonie de décorations, prend plaisir à se remémorer tout ce qu'ils ont dû manigancer ensemble pour en arriver là :

— Personne n'était de taille à nous résister, s'esclaffe-t-il. Nous avons fait pire à nous deux que tout le clan des Siciliens réuni !

Puis, après l'avoir félicité du choix de son Premier ministre, Bertrand Deleusse, et de sa réconciliation avec Pierre Servier, rappelé à ses côtés en tant que directeur de cabinet, Antoine Jelloul en vient aux motifs de son message :

— Tu te rappelles notre dernière discussion au Bristol et ce que je t'ai dit ce soir-là en te demandant de me laisser faire. Je te dois la vérité sur ce qui s'est réellement passé.

Roussel, loin d'imaginer ce que Jelloul est sur le point de lui dévoiler, l'interrompt pour lui proposer une coupe de champagne, afin de trinquer à sa victoire, ce qu'ils n'ont jamais pu faire.

— Vas-y, lui dit Roussel en se rasseyant. Je suis prêt à tout entendre. Venant de toi, rien ne peut me surprendre, ajoute-t-il pour rire.

— C'est moi qui ai fait éliminer Layannah après avoir tenté en vain de le raisonner, lui révèle froidement Jelloul. Parce qu'il s'apprêtait à te faire chanter et à nuire à mes intérêts par conséquent. Il se baladait en permanence avec une liste de noms qu'il désignait comme ceux de clients célèbres, dont le tien, en disant partout qu'elle lui servait d'assurance-vie. Il est probable que ce soit lui qui ait rédigé cette fameuse lettre te citant parmi d'autres, et qu'il l'ait confiée à l'un de ses proches, au cas où. Toujours est-il que j'ai pris ma décision quand j'ai aussi appris qu'il faisait circuler une photo sur laquelle nous figurions tous les deux. Elle risquait de tomber tôt ou tard entre les mains de journalistes qui ne manqueraient pas de l'utiliser contre toi, ce qui a fini par se produire. C'est pourquoi je me suis dit que la seule façon de te sauver, et moi avec, était, après s'être débarrassé de ce mytho, de faire croire à un coup monté dont je pourrais être au besoin l'un des instigateurs. Moulins-Duthilleul et les autres se sont engouffrés dans cette affaire, persuadés que tu ne pourrais pas t'en sortir. Ils ont cru en tirer parti, mais c'est à toi seul, en définitive, qu'elle a bénéficié, comme je le pensais depuis le début. Tu n'aurais pas pu gagner autrement, compte tenu de ce qu'on aurait appris de toute façon sur ta vie privée. Il fallait en passer par là. Il n'y avait pas d'autre choix…

— Mais pourquoi ne pas m'avoir prévenu ? s'étonne Roussel, abasourdi par ce qu'il apprend, mais sans trouver rien d'autre à lui reprocher.

— C'est ce que je t'ai laissé entendre, ce soir-là, en t'expliquant que ça te servirait d'apparaître comme une victime… Je ne me suis pas trompé, reconnais-le.

— Autrement dit, en déduit Roussel non sans cynisme, c'est grâce à un meurtre que je suis élu. Je l'ai emporté au prix d'une tromperie. Heureusement, il n'y a pas de preuve…

— Le pouvoir n'est fait que de mensonges et de dissimulations, lui rétorque Jelloul. Tu en as l'habitude, c'est ce qui fera de toi un excellent président. Mais rassure-toi, tout ça restera un secret entre nous. Un de plus. Et comme tout le monde pense que je t'ai trahi, tu ne risques rien. Je t'avais promis de guérir le mal par le mal. Mission accomplie.

Ils se séparent après une dernière coupe de champagne, en promettant de se revoir. Le Président le raccompagne sans sortir du palais. Au moment de le quitter, il glisse à Jelloul qu'il ne manquera pas de faire appel à lui s'il a de nouveau besoin de ses services. Il a tout un quinquennat pour cela.

Peu de temps après, Roussel dîne en tête à tête à l'Élysée avec Édouard Lessner. L'avocat revient au cours de la soirée sur le dénouement de l'affaire. Le chef de l'État, sachant qu'il ne peut pas lui dire toute la vérité, préfère s'en tenir à sa version la plus idyllique :

— Ce qui me ferait plaisir, mon cher maître, c'est que nous reparlions de temps à autre de Fouad Layannah. Nous ne devons pas l'oublier. Il avait l'air d'être si beau…

— Vous avez raison, lui répond Lessner. C'était un garçon magnifique. Vous l'auriez adoré.

Paris, 12 décembre 2020

TABLE

DU MÊME AUTEUR

Biographies

Le Seigneur-Chat (Philippe Berthelot), Plon, 1988 ; réédition 1998

Les Mendiants du ciel (Jacques et Raïssa Maritain), Stock, 1995 ; réédition Fayard 2009 ; Éditions Paoline (Italie), 2000 ; Notre Dame Press (États-Unis), 2006. Réédition coll. Tempus 2012. Prix de la biographie de l'Académie française et Grand prix catholique de littérature.

Devenir de Gaulle, Perrin et Le Grand Livre du mois, 2003. Réédition coll. « Tempus », 2009.

Dominique de Roux, le provocateur, Fayard, 2005. Prix de la Fondation Charles Oulmont. Réédition coll. Tempus 2013.

François Mauriac, biographie intime, vol. 1 et 2, Fayard, 2009 et 2010. Prix de la biographie du *Point*, Prix des éditeurs et Prix de la biographie de l'Académie française. Réédition Pluriel, 2015.

Romans

Pervers, Grasset, 2018.

Récits

Algérie, l'espoir fraternel, Stock, 1997. Prix Albert Camus. Réédition Fayard, 2010, sous le titre *Tibhirine, Une espérance à perte de vie.*

Dissimulations, Fayard, 2016.

Ici, c'est Chirac, Fayard, 2019.

Bande dessinée

Le Grand et le trop court, Casterman, 2017.

Entretiens

Le Général et le journaliste (avec Jean Mauriac), Fayard, 2008.

Éditions et présentation

La Ferveur et le sacrifice, de Jean de Lattre et de Tassigny, Plon, 1988.

Mémoires de Charles de Gaulle (en coll. Avec J.L. Crémieux-Brilhac et M.F. Guyard), Gallimard, « Bibliothèque de la Pléiade », 2000.

Il faut partir…, de Dominique de Roux, Fayard, 2007.
Journal et mémoires politiques, de François Mauriac, Robert Laffont, coll. « Bouquins », 2008.
Lettres, notes et carnets, de Charles de Gaulle, Robert Laffont, coll. « Bouquins », 2010.
Journal intégral, de Matthieu Galey, Robert Laffont, coll. « Bouquins », 2017.
Bloc-Notes de François Mauriac, Robert Laffont, coll. « Bouquins », 2020
Des messages portés par les nuages, de Jean d'Ormesson, Bouquins éditions 2021

Contributions

Dictionnaire de Gaulle, Robert Laffont, coll. « Bouquins », 2006.

En collaboration

Mémoires. Chaque pas doit être un but (I), Le Temps présidentiel (II) de Jacques Chirac, Nil, 2009 et 2011.

Cet ouvrage a été imprimé
par CPI Brodard et Taupin à la Flèche
pour le compte des éditions Grasset
en mars 2021.

Composition et mise en pages
Nord Compo à Villeneuve-d'Ascq

PAPIER À BASE DE
FIBRES CERTIFIÉES

Grasset s'engage pour
l'environnement en réduisant
l'empreinte carbone de ses livres.
Celle de cet exemplaire est de :
500 g éq. CO_2
Rendez-vous sur
www.grasset-durable.fr

N° d'édition : 21965 – N° d'impression : 3042360
Dépôt légal : avril 2021
Imprimé en France